弱いから、好き。

長沢 節

草思社文庫

弱いから、好き。

目次

新しい男と女。

映画にみる新しい男たち 10
世界中、みんなみなしご 20
女のダンディスム 28

男の優しさ。

乞食とバカとチンピラ 40
一箱の青いタバコ 49
弱いから、好き 58

映画の中のダンディスム。

「暗殺の森」のピエール・クレマンティ　72
「眺めのいい部屋」のダニエル・デイ・ルイス　82
「ハッピー'49」のスヴェトザール・ツヴェトコヴィッチ　92

セクシーさの定義。

愛の衣装　106
モンローウォークはセクシーか　115
恥ずかしさ、の美学　120
一見セクシーにみえない痩せた人の魅力　125
かくし化粧　130

こだわりファッション学。

優しいヘア　134
肩パッド物語　142
ナルシシズムかもしれないが　149
シンプルへの二つのアプローチ　154

ちょっと苦い話。

ケチが美しい　160
音楽づけはイヤ　168
醜い花　177
男のホテル　186
ヴェルニサージュ　195

暮しの美学。

エレガントな朝 204
五階のジャングル 212
プライバシーの内と外 220
小さいパーティ 228
パリのお招ばれ 237
マチスの絵を飾らないわけ 246

気ままな一人旅。

マジョルカ島にて 264
ローマが好き 273
バカンスはヴィルフランシュ 282

あとがき　298

文庫版に寄せて
アデュー、そしてボンジュール。
内川　瞳（イラストレーター）　301

新しい男と女。

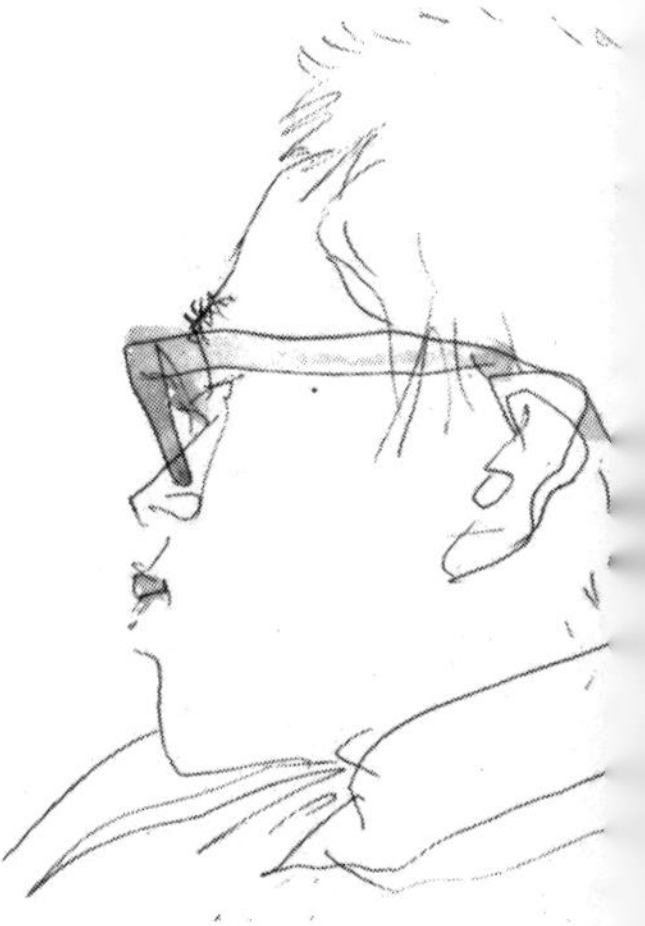

映画にみる新しい男たち

デッサンと色

男と女……生殖器が出っぱってるかへこんでるかで人が違うなら、出臍の人と凹臍の人で人格が変わるものなのか？　なんて、私が「モノセックス」を提唱してもう二十年以上になる。当時はフェミニズムもアンドロジニーもまだ言われなかったころだ。私は「女らしさ」と「男らしさ」に疑問をはさみ、男と女の違いよりは、人は個人差が大きいのだからと、人間の着る服にも男女の差は無用と、字引きにもないモノセックスなんて新造語をでっち上げたわけ……。しかし、やがて「女と男って、やっぱり違うのかナ？」と感じるようになったのは、「セツ」の絵の「合評会」という授業中なのであった。

合評会というのは、その月に描いた絵やデッサンの中から四、五枚ずつを選んで、べったりとアトリエの壁に貼り、それを眺めながら、お互いに比較検討する時間のこと……。ここで私はいわば狂言回しというか、みんなの観察や批評を集中させる役割を演じているのだが……。

上手下手は別にして、みんなが同じモチーフで描いたものを、壁面に並べてみると、絵というものはホントに十人十色と思うのだ。よかれ悪しかれ自分というものが他人と並べられることで、こんなにも違うものか……ということが黙っててもしっかり分かってくる仕掛けなのだ。

これは独学の人には絶対に得られない体験となるはずで、自分というものを見つけるのに、他人という存在がいかに貴重なものかも同時に理解するのである。「セツ」はどのクラスも七対三くらいの割合で女のほうが多いのだけれど、彼らの描くものを三十年間もずーっと見ているうちに、私はふと「あること」に気づいた。どうも男の描く絵よりは女の描く絵のほうが全般的にいいのではないか？　これはあくまでも「全般的」ということにしておかないと、ごくたまにはその反対だってありうるのだけれど……。

私が男性だから、とかく女性の絵にばかりひかれるのだろうか？　とも思ってみたが、やがて男の感性と女の感性では、どうにもならない本質的な違いがあるにちがいないと考えるに至った。

画面という芸術空間は、一口でいうと「色の構図」でしかない。色彩感覚が鈍くてはどうにもならない世界なのだ。俗説で絵の基本はデッサン……などとよく言われるが、それは昔の話だ。まだカメラもなかった時代には、画家は皆、現実の立体感や遠近感までも必ず画面にとり込まなければならなかった。しかしデッサンというのは色のいらない立体表現のことだから、むしろ彫刻みたいにモノクロの立体造型と思っていい。それなのに紙という平面に描くものだから、ついデッサンは絵の一種だと思ってる人は今も意外に多いのである。

今では色による平面造型（絵画）と、色のない立体造型（つまり彫刻）とにアートが二極分化してしまったのだから、世の中にはデッサン（立体）の弱い絵描きや、色オンチの彫刻家がいても一向におかしくはないわけで、むしろそのほうが純粋なのである。

だからデッサンのまるで描けない女の子が、目の覚めるように美しい画面を見せるのは当然の成行きなのだ。立体と色彩の二つの感性はそれぞれが分離してるのだから、両方が同時に秀れている人のほうがむしろ珍しいのだ。反対に石膏デッサンなど立体表現のうまい男の子は悲劇的にほとんど百パーセント色が貧しいといいうる例……これは入学試験に石膏デッサンなどを描かされるせいか、あるいは「絵の基礎はデッサン」などといまだに唱えるアカデミズムにすっかり毒されたかのどちらかで、他校からの転校生に多い。一見下手くそに見えても色がしゃれてててほめられる女に対して、デッサンがしっかりしてるのに色が貧しくてボロクソにいわれる男……これに反発して「セツ」をやめていくのもいる。しかし同じ壁面に並べられ、具体的に比べられて、初めて自分の色の貧困さに気づいたとしたら、それはすばらしい自己発見となるはずなのに……。

女の子の中で恥をしのびながらじっと耐えている男の子もたくさんいた。そんなのは結局はトクをするのだ。実は私自身がそうだったのだ……。絵の具なんて初めて持ったような子の、不思議極まりない色づかいや、その奇抜な構図を目の前にして、私はどれだけそれに刺激され、あるいはそこから盗んだことだろう。いっそ授業料はこっちが払わないといけないんじゃないかとさえ思ったが、そこはじっとこらえて黙っていたのだ。つい形にとらわれてものを見すぎたり描きすぎたりする男の傾向を、女の子並みに気楽に崩したり無視したりして、少しでも豊かな色彩のほうに近づくための自己否定は、口でいうほど生易しいことではない。

ところがである。最近の生徒たちの傾向には明らかな変化が現われてきた。合評会で私がある美しい画面にひかれ、それを指さして、「これは誰の絵か？」ときく。そのしゃれた色彩感覚や下手くそなデッサンから推測して、当然どんな女の子かと想像してのことだが、あにはからんや手を上げるのがムクつけき男だったりすることがこの頃はまことに多いのだ。今までの経験からくる「男の絵」と「女の絵」の区別が、私の中でガラガラと崩れだしたのであった。

「えっ？　これがほんとにお前の絵か？」

すっかり仰天してしまった私を前にして、その男の子はニコニコしているのだ。

男の中に女がいる

とにかく、色の分かる男の子がとてもふえてきた。優しい色のつかえる男の子たちが、いつの間にかこんなにふえてきた……ということはいったい何なのだろう？　と考えざるをえないのであった。これは今までになかったことなのだから……。

色の感性が男女の肉体的機能とつながっているような錯覚を持っていた私にとって、これは百八十度の転換だ。新人類はオスでも色が分かるだけでなく、体も大きくなった。脚も長いし手も長いが顔を見るとやはり同じ日本人なのだ。そういえば昔よりはややふやけた表情だが。

それは私などがかつて育ったように、色彩豊かにきれいなおべべを着せられてきたのが女の子……汚い色の洋服しか着せられなかったのが男の子……その違いでしかなかったのだろうかと、そんなことにやっと気づくのであった。生活の中で、知らず知らずに与えられていた長い学習の積重ねが、いつの間にか女性を立体オンチにし、男性を色オンチに仕立ててしまったのだ……とそう思ったら、私にも急に新しい自信がわいてくるのだった。

「オレだって学習次第ではいつかしら色がよくなれるんだ！」と。

たしかに「デッサンは訓練でうまくなれても、色感は生れつきだから努力だけではどうにもならないよ」なんて、長い間私はとんでもない間違いを犯していたことになる。

私なんか小さいときから女の子と遊んだだけでもスケベエとひやかされ、そんな女を拒絶しながら育ったのに、今の男は女の子並みに赤いセーターやピンクのシャツなどを普段に着せられて育っていたのだった。女の子と同じに豊かでシックな色彩感覚を持っていて、何の不思議もないわけだ。しかも方向（立体）オンチまでも女の子並みで、デッサンは下手くそ……それが新しい男性の誕生だったのである。

私にこの確信を与えたのは映画「赤ちゃんに乾杯」なのであった。コリーヌ・セローというフランスの女性監督は、前にも「彼女と彼たち」という変わった映画を作って私を驚かせたのだったが……。

一人の女と二人のホモ男性が仲良くパリ郊外の大きな屋敷を借りてコミューンを作り、三人がバイセックスを楽しみながら自由な生活を築いていくという物語だった。男女の性差よりは個性に応じた生活の役割分担もたいへん合理的で当時は大いに驚いたものだ。

もちろん雑誌「ｓｏ-ｅｎ」の映画評では百点満点の傑作として推奨したが、「赤ちゃんに乾杯」もそれに劣らぬ傑作で、やはり百点を出している。

コリーヌ・セローは結婚による一般的な家庭がキライ。それかといってシングルライフ主義とも違う。それよりは仲のいい他人と自由に暮らすほうを選ぶ。だから新しい映画には気の合った男だけ三人の共同生活が描かれている。しかし前編と違って今度の男たちはホモではなくて反対に大変な女好きだ。三人の住む豪華なマンションでしばしばパーティを開いては女たちをよび集め、セックスの相手にことかくことはないのだが、女と一晩以上の同棲だけは結婚につながるからご法度としているのだ。これはパリなどによくある男の風景で、特に珍しいわけでもない。たしかに結婚反対、家庭反対の男たちが、自由に一生を送るためにはこんな方法しかないのかもしれない。

だから子供だけは絶対に作らないようにと注意してたはずなのに、ジャックにはついそれが出来ちゃったわけ。ある日ジャックの女が三人の家の前へ、産まれたばかりの赤ん坊を置去りにしてアメリカへ行ってしまった……というのが話の発端となる。

赤ん坊なんか見るのもイヤ、触るのもイヤといった男たち三人が「捨てられた赤ん坊」を目の前にして、どんなトンチンカンが始まったか？　これが一つの面白い見せ場となっている。それぞれの職業を持った男たちに、今まで想像もしなかった育児という大変な重荷が加わって、三人の悪戦苦闘はそれから半年も続くのである。やがて突然に母親が戻ってきたとき、三人の中にはなんと父性愛ならぬ「母性愛」が芽生えていた……というオチ。

母親に赤ん坊を返し、「やれやれ、これからは以前のようにまた女たちを集めて、自由なセックスライフが楽しめる」といったんは喜んだ三人だが、ふと赤ん坊のいなくなった生活に今までは知らなかった虚脱感を覚えるというのだ。

ただしここでセロー女史のいう「母性愛」とは、日本式母性愛、つまり「自分の血がつながってる」とか「自分の腹をいためた」とかいう、エゴの母性愛とは全く質を異にしていることに注目……新しい母性愛はエゴとは無縁のヒューマニティであって、つまりどんな男にもそれはたっぷり存在するものだということなのである。ちょうどどんな男でも女性的なしゃれた色彩感覚が可能だ……というのとそれは全く同じだった。

どんな男にもちゃんとした「母性愛」があったくらいなら、男にはどんな女性的部分があったからといって、なにも今さら驚く必要はないわけ。男が女以上の優しい色彩感覚に目覚めた……くらいのことで大騒ぎした私のほうがおかしいくらいのものだ。男と女には思ってたほどの差異はなかったにしても、男は自分が子供を産めないという大きなハンデを背負っていることだけは間違いない。しかし子供を産むことと育てることとは別な領域だ。従来のようにそれを一つの「母性愛」にひっくくり、全部を女だけに押しつけていたのが間違いだったと思う。だから育てる意志もなく産んでしまった親を持つ、不幸な子供たちが地球上に溢れている……そんな子供が生きるために選んだ唯一の道が「家出」だったのを、やはり映画「子供たちをよろしく」が教えていた。

子供を産めなくともヒューマンな母性愛の男の出番がそこに出てくるだろう。つまり女性が子供を産んだら、次には男性がなんらかの手段で、子供たちを女以上に立派に育てていくという未来の男性像が浮かんでくるのだった。

そういえば動物園などで、動物の子をいつも上手に育て上げるのは、たぶん真の母性愛に満ちた男性たちではなかったのだろうか？

世界中、みんなみなしご

親からの解放

渋谷の小さいユーロスペースで公開された「子供たちをよろしく」というドキュメンタリー映画が、「セツ」でちょっとしたブームになった。初めは私が「so-en」のコラムでベタぼめしたせいもあった。しかしそれよりも何よりも見てきた者の口コミが大きかったようだ。

というのはふだんあまり映画なんか見てないようなのが「先生、昨日見てきましたよ」なんていちいち私に報告する……そんなこと今まではほとんどなかったのに……。で私が、

「どうだった？　面白かった？」とときき返すのだが。

「ウン。面白いっていうか、とにかくつらくて泣いちゃってサ」

「へえ、お前が泣いたの？　オレは泣かなかったけど……子供って強いなア……って感心したり喜んだりさ。でも一人だけ自殺した子がいたね。その前に牢屋に入ってる親父に面会に行った時、あのバカ親父が、黙りこくってる息子の前で、突っ張って調子いいことしゃべりまくってるところ……空々しくてあそこは悲しかったよ」

「あそこですよ、私がワーッとなったのは」

「あの少年いい顔してたしね……とてもつらかったよ」

そういえば泣かされてしまったこの青年もなかなかチャーミングな顔をしたスマートボーイ。今は時々「セツ」でデッサンのモデルになり、わずかに稼いでいる。あまりにもやせ細ってるから「セツ」では大いにモテるわけだが、もともとは太っていたのだという。「家をとび出して不規則な生活が続いたらたちまち二十キロ近くも目方が減って、それが今かえってよかったのさ」なんていっていた。

私はふだん決して生徒の親や家庭のことについては何もきかないことにしてるのだけれど、ふと「兄キは京大出のインテリなのに、僕はそれに反してグレちゃって……」とかなんとかもらしたことがあった。なにか自分と映画とが大きく重なるところがあって、それで彼の心をいっそう強くしめつけてしまったのかもしれない。

私は専門の教育家ではないから、世間の親子問題や教育問題についてあまり深く考えるということをしなかった。今まで結婚もせず家庭も持たずにいたということは、むしろそれを避けて通ってきたのだろう。だから家庭内暴力だの校内暴力だのと、日本の子供たちが荒れ狂うとき、専門の評論家たちが口をそろえて、「子供にとって親くらい大事なものはありません」なんていってるのを、その度に私はなにか割り切れない気分で聞いていた。

それが「子供たちをよろしく」で、ある程度目から鱗が落ちたのである。つまり子供にとって親くらい不都合な悪い存在はないんじゃないか？　と。救われる唯一の道が、家をとび出し、親を捨てることでしかなかったたくさんの子供たち……その記録がこの映画だったのだから。

「子供にとって親くらい大事なものがない……」なんていう評論家の頭の中には、果たして親のない子供たちが世の中にはこんなにどっさりいるんだということが入っていないのだろうか？　もし入ってるとしたら、親のない孤児は絶望だから、まるで「死ね」とでもいってるみたいではないか！

地球上の親というのがみんな神様みたいに立派な人間であるわけがないし、むしろ悪魔みたいにヒドい大人ばかりだと考えたほうが近いかもしれない。そんな親たちに子供の運命がゆだねられている以上、子供が独立してストリートキッズになるのは必然だろう。世界中の子供が自分を産んだ親という刻印と桎梏から逃れて、みんな平等な親なしのみなしごになったとしたら、どんなに子供たちは明るく楽しく生きられるだろうか？　と私は本気で考えてしまったのだ。そういう意識が私の中にあったから、今までずっと生徒たちの親や家庭については何もきく気がしなかったのだろうと思う。

エピキュールの園

さて、これからがダンディな男たちの出番となる。

子供キライ、家庭キライ……、好きなのはきれいな女の子とセックスすること……それだけというエピキュリアン（享楽派）が男の本性だとすると、男の生活はこれからますます派手で華やかなものとなっていくだろう。まるで孔雀の雄みたいに……そのためにはちゃんとよく働いて、いいアパートに住んで、時々はパーティをやってかわいい女の子たちをたくさんよんで……。一人ではまだ経済的に無理だから、気の合った友達三人共同でデラックスなアパート暮し……しかしプライバシーがあくまでも自由なのは論をまたない……むしろお互いの自由を三倍に拡大しようと三人は助け合わなければならない……というのが、前にも話した「赤ちゃんに乾杯」の主人公たちだったのだ。

しかしどんなに子供がキライな男でも女が好きな以上は、つい子供が出来ちゃう……ということはよくあることなのだった。男は初めそれを相手の女に押しつけていたのだが、女だってそれは困ると、産まれたばかりの赤ん坊を男たちのアパートの前に捨てたまま、さっさと女はアメリカへ出稼ぎに行ってしまう……というのが話の発端だったわけ。

あいにくその時は当の男性が仕事で日本に行っていた。関係のない二人の男が捨て子を押しつけられた格好となり、まさかドブに捨てるわけにもいかなくて、ミルク屋に走ったり、紙オムツ屋に走ったりの大騒ぎとなるのだが、それが何か月後ともなると、あれほど子供ギライだった男たちが、いつの間にか子供が面白くなってきた……というのがこの映画のミソなのである。それは同じ子供ギライの私にも実によく分かるように出来ていたのだ。

そこで私は考えた。ひょっとすると男たちのほうが女よりも子供を育てるのに向いているのではあるまいか？　と。男は子供が産めない代りに、女が産んだ子供を育てるのはいいアイディアでもある。次の社会を担う子供が産めないという点では、男は女に対して大きなハンデを背負っているのだから、せめて育てるというほうを男の役割分担とするのは＋－《プラスマイナス》の帳尻が合う。もちろん男だっていろんなのがいるわけだから、男が子供を育てるときは従来の母性愛方式をまねずに、独自の方式を考えることになるだろう。

男が妊娠しない分だけ女よりよけい稼ぐのは当然だから、それはすべて子供の養育費に当てられなければならないが、たとえば希望者だけを募って高度な「父親大学」みたいなもので男を教育し、何年間かの学習の後、免許を得た男性だけが、不特定多数のみなしごを育てるのである。もちろん女性だって免許を得れば可能だが、いくら女性だからといっても無免許運転は罰せられるのである。

しかし今まで母性愛という神話の中でいかにたくさんの無免許や暴走運転がなされてきたことか！　そして無数のかわいそうなストリートキッズが生産されたのである。

今朝新聞を見ていたら偶然に「少年の町」という、みなしごばかりが作ったユートピア……これが地球上に一つだけ存在してるのを知った。「少年の町」というのはやはり昔のアメリカ映画で見たことはあったが、ローマ郊外のこの町はそれと違って「神様」がいないことだ。宗教や人種を超えるには、神様や政府がこれにかかわらないのがいちばんいいのである。これがかかわると、とたんに少年たちは汚れるだろう。ここは世界中の善意による寄附で経営され、町の運営は少年による自治……そこで明るく楽しく人間の労働を覚えていくのだという。ここには一人の日本女性も教師として参加しており、子供たちは元気すぎるくらいでとってもチャーミングといっていた。たしかに教室からサッカー場へとある一枚の写真では、子供たちの表情が清らかであった。

せめて日本でも義務教育の中学まではすべての学校をゴミゴミした都会から広々した田園に移して、肉親を近づけさせないといったような工夫が必要ではないだろうか？そこで思い切り先生たちが人生の楽しみ方と美しい大人となる方法を教える……教えるというよりは大人自らのエピキュリスムを見せつけるのである。自由さ、美しさ……つまりダンディスムを獲得するには、人がそれぞれに社会へ働きかけなければならないということを、大人の生活でじっくり見せつけなければならない。

社会というのは親でも兄弟でもないたくさんの他人という人間どうしのことなのだから、この他人こそが人生でいちばん大切なものと知るのがつまり労働なのである。自分という個体が世界や社会と深くかかわるには、それに働きかける労働だけが唯一の言葉だということを……。愛というのは世界中から一人の恋人を選ぶことでもある程度はみたされるだろうが、もっと直接的には仕事で更に広く世界にかかわることでしかない。

平たくいうと、たった一人の恋人にカッコいいと思わせるだけでなく、たくさんの他人にもっとカッコいいと思わせることが愛なのである。子供たちはきっとそんな大人に憧れてまねるだろう。

自分のカッコいいお父さんやお母さんは、他人の中にこそみつけることができるのだ。

女のダンディスム

存在の耐えられない細さ

ダンディスムが持つ、ある種の切なさというものを一言でいい得てるのが、フィリップ・カウフマン監督の映画「存在の耐えられない軽さ」ではなかろうか。私ならこの題を「……軽さ」とはいわずに、うっかり「……細さ」なんていいかねないのだが……いっそ「存在」の代りに「ダンディスム」といい代えてもいい。

それは'68年、チェコスロヴァキアに自由化の波が押しよせた「プラハの春」の時代。プラハの優秀な脳外科医トマシュは独身の自由さを極限まで楽しんでいるプレーボーイだった。男は誰でも基本的にはプレーボーイだろうが、それが可能な人と不可能な人とに分かれる。トマシュのようにどんな女の眼から見てもいかにも「美味《おい》しそう」という、セクシー度百点の男なんていうのは、そうめったにいるものではない。

トマシュを演じるイギリス俳優のダニエル・デイ・ルイスがもしいなかったら、この世にこれほど美しい「存在の耐えられない軽さ」という傑作は存在しなかったであろう。

私がこの映画を最初に見たのが五月のパリだった。偶然のようにサンジェルマンデプレのカフェ・フロールで一休みしながら、向い側にある映画館の看板をボンヤリ眺めていたのだった。何しろここのコーヒーはパリ一だから。

"L'insoutenable légéreté de l'être" アンスートナブルという意味がよく分からないままに、「存在の軽さ」というのだけで私はハッとした。もしかしてダニエル・デイ・ルイスの新作に、そんな映画があったのではないかと。

そう思うと矢もたてもたまらず、赤信号もかまわず車道を横ぎり映画館へかけつけた。たぶん飲みかけのコーヒーも残したまま。

スチルを見ると正しくダニー。驚くべき長い指でジュリエット・ビノシュを抱きかかえてるではないか！

時間表を見るともう始まっていたのだが、切符はまだ売っていた。お金を出すと、女の子が「お年はいくつ？」なんていう。

年など聞かれたのは初めてだからすっかりうろたえた。「ソワサンテ・オンズ（60

＋11）」といわずに、なぜか「ソワサンテ・アン（60＋1）」と十歳もサバをよむ。そそれなのに十フランも払い戻してくれたのは、あちらにもシニア料金というのがあるらしい。

プレーボーイは常に孤独である。独りリンゴを丸ごとかじりながら本を読んでいる。独り住いの寂しいワンルームを、あちらではステュデオというのだが、ベッドも狭いシングルで、たまにはセックスにも勿論使う。しかしそこに女を泊めることはめったにない。セックスは殆ど女のところに出かけて行ってすます。そしてそれが終わったらどんなに遅くとも必ず帰ってくる自分だけの城……。

これは男性特有のエゴイズムかと思ったら、トマシュの恋人サビーナもトマシュ以上の女エゴイストだった。エゴイストの特長は自分に嘘がつけない。自分を少しでもしばりつけるものに対しては、それを本能的に嗅ぎわけて激しく排除するのだ。

「私はモノに執着しないの……モノにも人にもだけど」

と、サビーナはベッドの後で、そうトマシュに打ち明けている。だからソ連軍がプラハの春をタンクで圧しつぶした日、恋人トマシュにもことわらず、独りさっさとジュネーヴに亡命してしまった。

たまたまトマシュとテレーザとがデモから帰るのに街中で出っくわし、通りの向う

から、

「わたしこれからジュネーヴに行くのよ……」

と、自動車の窓から軽く手をふっただけ。そして「じゃ元気でネ」と別れる。あちらの亡命とは、こんな簡単なものだったのかと、私はあきれた。

ジュネーヴではプラハからの亡命者たちが沢山集まって大いに気勢を上げていた。

「チェコの自由を蹂躙したスターリン主義に対しては、私たちは断乎最後まで闘う権利があるのだ」

という一人のアジテーターに向かって、彼女はあっさりこういってのけた。

「……貴男にそんなことという権利はないわ……それならナゼここへ逃げてきたの？今すぐチェコへ帰って闘うべきじゃないの？」

と、席を蹴って一人退場する。彼女の勇気ある発言に感動して、彼女についてきた若い大学教授フランツがいた。

「わたしはあのテのインチキな政治屋がガマンならないのよ……私とは無縁の人たちだわ」

と彼にいい捨てる彼女。フランツをワリにハンサムと見て、その後に食事をオゴらせてしまう。しかし精神の潔癖さにおいては、プレーボーイのトマシュだって彼女に負けていなかった。いったんは亡命したものの、やがてプラハに戻ってみると、街中に赤旗が立ち、あらゆるものがソ連に占領されていた。

病院は彼の帰ったのを喜ぶが、彼が亡命前に書いた「オイデプス論」が赤軍から見とがめられ、その撤回を迫られているというのだ。

それはつまり、政治家たちが自分の犯した過去のあやまちについて「その時は知らなかったのだから仕方がない」と、何ら悔い改めることない厚かましさを怒ってるのだ。ギリシャ神話のオイデプス王よろしく、自分の目玉をくりぬいても反省すべきではないかと……。

内務省の役人が説得に来て、転向のサインを迫ったとき、彼はその紙を丸め、彼の帽子にポイと投げ入れた。それでついに彼は病院の職場を追われ、街の窓ガラス拭きにまで落ちぶれてしまった。

有名な脳外科医が窓ガラス拭きをやっているのだから、ある金持ちの未亡人などはソッと彼を部屋に招じ入れて「ワインいかが？　わたし腰の痛いところを見て頂きたいんだけど……」なんて誘惑するのだった。博愛主義の彼のことだからムゲに蹴ったりはしなかった。その女、いい女でなかったし、私はトマシュって何て優しい男だろうか！　とむしろ感動したくらい。ソ連は許さなくても、女は許すわけだ。

そんなトマシュを絶対に許せなかったのがテレーザだ。彼女はトマシュに一目惚れして田舎からプラハの彼のところへ押しかけ女房式にとびこんできた女。そんな田舎娘にはプレーボーイもコロリとやられてしまったのだから面白い。

彼がテレーザ（ジュリエット・ビノシュ）に初めて出会ったのは、出張手術に出かけて行った田舎の病院……その中のプールにザブンととびこんだ娘にふと引きつけられたからだった。「オヤ、ちょっといい女！」とばかりに、娘が脱衣場に入ったのをつける彼……プールのふちをまるで猫のような摺り足で急ぐその歩き方がまことに軽い。その軽々しさはちょっと人間離れしたスマートさで、そう思ったのは後で動乱のプラハ街頭を逃げ廻るときもそうだった。

上半身を極端に前へ折り曲げ、まるで細い長い脚だけが馳けていくようなイメージは、まるで何かの昆虫みたい。あの軽々しいイメージこそがダンディスムなのではあるまいかと思った。

女のダンディスム

ついにテレーザと結婚してしまった彼は、しかしその後も並行して、サビーナその他との恋愛が続く。

女の本能でテレーザは、それを鋭く嗅ぎつけてしまう。「男って愛がなくたってセックスが出来るの？」なんて愚問を発する。彼の髪の毛に、さっきの夫人の高級香水がまだ残っていたからだ。

彼が返事に困っていると、

「もし私が愛してもいない男とセックスしたら、貴男は私を追い出すでしょ？」なんて愚問の上塗り。そして次の日、彼女はそれを実行し、自ら絶望におちいるのだった。

私にいわせれば、トマシュが醜い女ともセックスが出来たのは、やはりその時は彼女を愛したことなのだ。愛は限りなく多様だから他人にはおし計れないものだが、しかし愛なしでセックスだけなんて、女は可能でも男はその生理上、絶対に不可能なのである。テレーザは敢てそれをしてしまったわけ……私はそこがとっても不思議だった。

彼女、エンジニアと称する正体不明の男をわざわざ訪ねて身を任せるが、このシーンだけは正視できず、私は思わず目を伏せてしまう。

一方、前衛画家サビーナは女性でありながら独占欲がないから、トマシュの新しい女テレーザにも興味を持つ。

「……どうしたの、時計ばかり見て？」

トマシュに抱かれながらも、彼がソッと腕時計を見てるのを知っていたのだ。

「誰か別な女が家で待ってるの？」

「田舎から来た女さ。テレーザといってネ……何か仕事を探してるんだけど、彼女はちょっといい写真を撮ってるんだ」

「……なら、連れてらっしゃいよ。見て上げるわ」

そして彼女はテレーザにマン・レイの新しい裸体写真などを教え、雑誌社の仕事を紹介する。トマシュという一人の男をめぐって二人の女の醜い争いなど期待した観客を裏切り、二人の女はますます軽く明るい交友を持つ。

そういえば男まさりのこんなサビーナでさえ、時には彼に向かって愚問を発することがあった。

「あなたが女に求めるのは悦楽だけ？」

言外に「愛」はどうでもいいの？　といわんばかりだが、さすがにそうはいわずに
「……それとも何か女性の秘密を知りたいの？」なんて彼女は逃げ道を用意してくれる。

「……知りたいのは、ホンの些細なことさ……」

と彼。この中途半端な照れかくしこそが知性かもしれない。とかく通俗的に使われる「愛」とはいわず、その代りに「些細なこと」と口ごもる彼の繊細さが美事。

妻子がありながらサビーナを愛してしまった大学教授フランツは、自分の偽りの生活に耐えきれず妻に総てを告白した。

妻は総てを理解した。そして一言も怒らずに、「タキシードも忘れないでネ」なんて彼をサビーナの許へ送り出すのだった。

「もう嘘の生活はごめんだ、明日からここへ来て君とガラス張りの生活が出来る」なんていう教授のイノセントさにはさすがに感動して涙さえ流すサビーナだったけれど、しかし彼が荷物をまとめに帰ったあと、彼女はそのわずかのスキに自分の家からとび出して雲がくれしてしまう。

そして彼女はアメリカへ逃げていく。

間もなく彼女はそこでチェコからの便りを読み、トマシュとテレーザが、田舎の居酒屋から帰る途中、自動車が雨道をスリップして事故死してしまったのを知る。

ところがパリで見たときの私は、そこのフランス語がよく分からないものだから、手紙を見ながら涙を浮かべてるのをナゼだろう？　なんて……。

そもそもこのドラマの余りにスマートで軽いダンディスムには、何か先ゆきの不安さが絶えずつきまとっていた。だから私は彼らがハッピーエンドに終わるのだろうかと、とても心配だったのである。

ところが次のシークエンスは、トマシュとテレーザの二人が村の酒場でタンゴを踊っているシーンへと続く。そして酒場のホテルに一夜を過ごし、翌朝雨ふる森の中を車で帰っていくハッピーエンドだ……と思わず喜んでしまったのに……。

ところが東京に帰ってから、ちゃんと日本語スーパーによれば、何と彼らは雨のドロンコ道でハンドルを切りそこない谷におっこちて死んでしまう……とあり、その映像は略されている。

……何という重苦しさ。私ははからずも一つのドラマで、二つの相反するエンドを見てしまった訳だが、果たしてそのどちらがよかったかという結論はいまだに出せないまま。

人間のあのように美しい耐えられない軽さは、やはり神には許されないことだったのだろうか？　それとも？　私はあくまでもハッピーの方を望む無神論者なのかもしれないけれど……。

男の優しさ。

乞食とバカとチンピラ

「え？　パルドン」

私が生まれた田舎の村に、むかし少年のバカ（当時は普通こう称していた）がいた。いつも口を少し開けて、洟《はな》を垂らし、子供の目で見てもバカに見える。学校には行かない。母の生家の村にも女のバカがいて、これはもっとブキミで汚らしくソバにも寄れなかった。彼女が住んでるオンボロ家が化けもの屋敷みたいで恐ろしく、その前を通るときは早足になったものだ。

いつか友人とそんな話になった。

「オレの村にも一人いいのがいたよ。昔はどこにもそんなのが必ず一人はいたものだが、そういえば田舎に行っても、もうバカなんかいなくなったみたいだネ。『バカが来た』といっちゃ、みんなで石をぶっつけて逃げたりしたけれど、懐かしいものだネ……」

時には女のバカが裾ふり乱してエッチなところを見せたりすると、子供たちは一瞬息を殺して向き合ったものだ。祭りの日、人前で男のバカがオチンチンをピンとおっ立てたときなどは、ピンクの色のキレイさにびっくりした。顔が汚れてるのに、素肌の奥のそこだけはなんて上品なんだろうと。びっくりして誰も石をなげなかったが、やがて大人がきて叱りつけ、どこかへ連れていってしまった。今思い出してみると、私たちはこれらのバカを時には少しイジメたりしたけれど、大体は平和共存していたような気がするのだ。

ナゼかバカは盗みや乱暴をせず、イジメたのはいつもこちら側だったのである。しかし現代の横浜、山下公園の浮浪者狩りみたいに惨酷な少年などは決していなかったと思う。大阪でも似たようなことが起きて、その時に捕まった少年によると「汚いものを街から一掃するんだ」といって、少しも悪びれた色がなかったという。

三十年も前にローマへ初めて行った時のことを思い出す。ヴェネト通りの高級店に、上等のライターを買おうとして入っていった時のことだ。金ピカのネックレスやブレスレットなども、ガラスケースに並んでいた。いかにもハンサムで立派な男の店員がその中にまるで彫刻のように立っており、一瞬私はたじろぐ。

すると私について入ってきた、とても汚い乞食の子（たぶんジプシー）が、うるさく私につきまとってきて、汚れた手を出すのだった。私はさもうるさいといわんばかりに、救いを求めてその店員を見た。そしたら店員が必ず、そのジプシーを店から追い出してくれるはずだと固く信じて……。ところが結果は全く逆だった。

店員は私をむしろ蔑んだ眼で見返す。「……こんな高級店で何かを買おうとするくらいの金持ちなら、乞食にナゼ少しの金も恵んでやれないのか？」といわんばかり、実に冷たい眼でそれはあった。

余りの意外さに私はショックを受けた。西洋にきて日本の今までの常識とは全く違う社会のあり方を突然つきつけられたように思ったのだ。せっかくそこに気づきながら、素直に小銭をとり出してやれないのは何故か？　やりつけないことというのはなかなか急には出来ないものなのだ。ニガ笑いしながら乞食の子と共に店を出る。

私が少年のころは乞食も多かった。田舎のことだから入り口の鍵もないのを幸いに、自由に乞食が入ってきた。私一人のこともあって、その時は米びつから茶わん一つだけ、乞食のズダ袋に渡すしきたり。汚いから袋にはなるべくふれないように……。すると乞食はろくに礼もいわずひき下がるのだけれど、その時は違っていた。長いヒゲ面がひときわ汚かった。

「米はいらねえ……マンマを呉《く》ろ……」

と。私は困って奥にいた母にいう。

「ホイト（乞食）がマンマだと……」

するとと母は面倒なホイトだといわんばかりの顔をしながら出てきて、それでも残り飯をでっかく一つ握り、ショーユでちょっと味つけして渡した。その時も乞食はろくに礼などいわなかったと思う。

東京の街に戦前にはあれほど多かった乞食が、戦後しばらくするとすっかり影をひそめた。乞食がいなくなったのはそれだけ日本がよくなった証拠だろうと軽く考えていたのだが、近ごろの新宿や銀座の地下道にはまたまた懐かしい姿がよみがえっている……。

とすると日本は再び貧乏国になってしまったのか？　と思うと、一向にそんな話は聞かない。反対に日本はますます富んで今や世界一の金持ち国になったというではないか！　国が金持ちになるのと乞食が増えるのはナゼ正比例するのか？　私にもよく分からない。

華のパリにも乞食が多いのでびっくりしたものだ。当時の日本に乞食はほとんどいなかったからである。街を歩いてると、すれちがいざまに「一フランください」などという。フランス語が小さい声なので聞きとれないこともあった。ちっとも乞食らしくない普通の人だからなおさらである。

「え？　パルドン」などときき返す間抜けさ……分からないふりして逃げたり、逃げ切れずに渡すこともあった。一度おかしかったのは、その時に一フランがなく、まさか「一〇フラン札でオツリをくれ」ともいえず、せっかく出したガマ口をパチンと閉じてしまったことだ。

チンピラが街でタバコをタカるのはしょっちゅうで、あながちこれは乞食ではない。時に親愛のしるしでタカるのだから、それがきっかけで話したりもする。しかしこれは日本ではとてもやれないだろう。日本は他人にタカるのにキビしい国柄なのだ。

「アッ　スられた！」

スペイン広場の石段を登り切ったところで、女の乞食が痩せた手を出す。目が白く濁った恐ろしい顔……私は思わず跳びのいたが、私の前を歩いてたジーパンのチンピラは少しも驚かず、ポケットから金を渡すとそのままスタスタと。余りのスマートさに私はほとんどカルチャーショックを受けてしまったのだ。乞食が成りたつ社会とは、ひょっとしてゆるやかな温かい良い社会なのではないだろうか？　と。

そういえば日本では絶対に見かけないものをあちらの街で必ず見て、これも私にはカルチャーショックなのだが、それは老人や身障の弱者へ対して、なんとも優しいチンピラがまことに多いということ……。

たとえばバス停で一人の老人が降りようとする。足許が少しあやしい。そんなとき先に降りた青年《チンピラ》は必ず立ち止まって老人が降りるのを待ち、腕を支えてやることだ。後から降りる人のことなど少しもかまわずに、われ先にと降りていってしまうのが日本の普通の光景だから、私はこれを見るたびにいたく感動してしまう。こういう躾《しつけ》って、いったい誰が教えてくれるんだろう？　学校か？　それとも親か？　あるいは社会全体でか？　と。

メトロの出口でもそうだ。先に行く人が出口のドアを手で押さえて、後からくる人を待っててくれるのなんか、ごくごく普通のことで、まるで社会全体が申し合わせたみたいなのである。日本では一度も私はそんな目にあったことがないというのに。

ある日東京で、試写室からの帰り、私はそれを思い出して、しばらくドアを押さえつけていたが、誰も「メルシー」とはいわなかったばかりか、後からくる人が私に代わって押さえてもくれない……大失敗であった。とにかくやたら急いでみんな出ていくだけ。たぶん自動ドアの普及で日本人のエゴがエスカレートしたにちがいない。

ヴィルフランシュに「セツ」の生徒をたくさん連れていった時のことだ。ホテルでのディナーをとってる時、一人の生徒が昼間の疲れで「食べずに部屋で寝てます」という。私は「じゃ、そうしなさい」といい、彼が出てゆくのをそれとなく見守っていた。すると出口のところで急に彼の姿が見えなくなったので「オヤ?」と思った。

立ち上がってみると彼は床に倒れていたのだった。私が駆けつけるより先に素早く駆けつけたのが、見知らぬ外人のチンピラ青年で、彼は倒れた人間の胸に耳を当てたり、手をとって脈をみてみたり、まるでお医者さまみたいなことをしてるではないか!「どうした?」と私がソバできいた時は、すでに青年はフロントにとんでいて、町医者に電話してるわけ。その敏捷な処置にはこっちはただあっけにとられたくらいなのだ。私たちは病人をどうにか部屋までかかえこんだが、その時はもう医者も駆けつけていた。

こんな恥ずかしいこともあった。ジヴァンシーのショーを見に行ってそれが始まるのを待っていた。どこかの国の太った男の記者が私の隣の椅子に坐ったとたん、ナゼかイスが倒れて、彼はもんどりうってしまったのだった。びっくりしたのは私。突然大きい足が私の顔の前にとび出したのだから。「アッ」と特別にでかい声を出したのが私。同時に声も出さずに彼の手を引っぱって彼をひきおこしてやったのが向う隣の美しい婦人だった。

結局、私は一声叫んだだけで指一つふれずじまい……隣の他人に手を差し出す習慣のない日本人代表が私だったのである。驚くより先に困っている人を助ける……というあちら風の習慣は身につかないとむずかしい。いくら頭で分かっていても体がついてこないのだった。

見かけがいくらチンピラでも、心の奥底にはいつも優しい心を持った青年たちが眩しいと思う。だから乞食たちも安心して優雅な生活を楽しんでいるにちがいないと、私がそんな光景を見たのがパリのセーヌの橋の下だ。

私がいつも写生をするセーヌの散歩道は、今でも乞食たちの天国で小便臭い。市の清掃車がポンプの水でいくら洗っても洗っても、そのにおいがなくなることはない。ある日の朝いつもより早い時間に出かけていくと、中年の乞食はどこからか見つけてきた小さい花瓶に花を一輪さし、そのそばでやはりどこからか拾ってきたらしい椅子に腰かけ、正しい姿勢で新聞を読んでいた。ヒゲも当たったらしくさっぱりした顔つきで、自分が浮浪者だというのをすっかり忘れたみたいな光景であった。段ボールの上にはボロの毛布がきちんとたたまれていた。

ローマの街で夕立があった。狭い舗道の軒下には雨を避けたチンピラたちがぎっしりで歩けないくらいだった。私は急いでたので人々をかきわけて進んだが、中には美しいチンピラもたくさんいて、私はそちらにも気をとられたのだ。気がつくと、いつの間にかベルトのポシェットのフタがパタンパタンと開けっぱなしだった。ふと不安を覚えて中を見ると、案の定ガマ口がスられていた。たぶん三十万円以上は入っていたと思う。青くなった。とたんにタニノ・クリスティでさっき買おうとしたブーツ、あまり高くてやめたのがいかにも口惜しい……せめてあれを買ってからスられたのならどんなに嬉しかったろうと思っても後の祭りなのだ。

呆然としてホテルに帰り、ベッドにしばらくごろり寝ころがっているうちに、私は考え方を少しずつ変えていった。

「あれを盗んだジプシーのやつ、今ごろきっとお母さんにホメられて、特別のごちそうにあずかってるかもしれない……」と。それはかなり無理した考えではあったが、私の心を静めるのにそれがいちばんいい考えだったのである。

一箱の青いタバコ

ホテル・インペリアル

「アーリー・スプリング」というデンマーク映画を見て私はひどく心が揺さぶられた。昔のコペンハーゲンの下町に生まれ、そこで生きた貧しい少女とその一家のお話がしっとりと語られ、特に変わった事件や面白おかしいストーリーでもないのに、まるで私が昔そこにいたかのような錯覚をおこさせてしまう。

ここが特に私の好きな街だったとか、何もそんな思い入れはないのだが、この街は偶然にも、私の生まれて初めての西洋……それがコペンハーゲンだったのである。つまりその時の私の目的はひたすらにパリ……それなのにパリにいきなり着くのがコワい。だからパリに行く前に、どこでもいいからパリ近くの西洋の街に途中下車しよう……そしてそこで心を静め、一息入れてからパリに行こう、という計算だったのだ。

何という気の弱さ。日本という島国から外国へ初めてとび出したときのあの緊張感は、いまだに私のどこかに残っていて、それがコペンハーゲンという発音と共に動き出すみたいなのだ。

「フランスへは行きたいけれど、フランスは余りにも遠い……」とか何とか、昔の詩人が唄ったようだけれど、たしかに私も永年の夢をかなえてやっとフランスへ出かけていったのはまだ敗戦日本が立ち直れずにいて、自由な海外旅行などは許されない時期だったのだ。

だから今から考えてみるとオカシいくらいだが、私の渡仏はちょっとした事件で、ある女性週刊誌など数ページの特集をしたほど……当時は成田ではなくて、羽田から沢山の見送りの人たちに大ゲサな挨拶などをして飛行機に乗った。私は幸いに兵隊にはとられなかったけれど、戦場におもむく兵士もきっと同じ武者振いをしたことだろう……だから私はパリにいきなり着くのがとてもコワかったのである。

飛行機はスカンジナビア航空で、スチュワーデスもパーサーもみんな西洋人! 当然のことなのに私はすっかりドギモを抜かれてしまった。さっきまであんなに沢山の日本人にとり囲まれ生きていた私。それが突然のように日本人の一人もいない所へ突入した……私にとって、西洋はまず、飛行機から始まったのであった。見上げるばかり大きな女たちが、私みたいに小さな日本人にとても優しくしてくれるのが何かおかしく、いったい私は子供みたいにしか見えないのだろうか？　とふと思ったりする……私はその時すでに四十歳にさしかかっていたはず。

ところが私はちっとも自分の年に気付いていなかった。たぶんまだ二十歳くらいの気分だったろうか？　何しろ生まれつきの天才的モラトリアム人間で、いつまでたっても大人になり切れない少し困った男なのだ。

外国語の会話は全く自信がない。中学時代の英語と文化学院時代のフランス語、それも会話でなしにムリヤリにこむずかしい本を読まされた記憶があるだけ……あれから二十年、その間が戦争だったのだから一度だってフランス語など見たことも聞いたこともなかった。

二十年も使わないでいたら、たとえ日本語だって忘れちゃってるんじゃないだろうか？　試しに何かフランス語できいてみようかと思ったがとても恥ずかしい。だから女でなくて男のパーサーが通りかかったのを摑まえ「コーヒーをもう一ぱい」といってみた。ところが彼はオコったように無表情ではないか！　やっぱりダメだったかと諦めていると、やがてコーヒーと砂糖とミルクまでおまけつきで持ってきてくれる。そうか、あの男、ちっともオコってなんかいやしなかった。余りにも鼻高く、眼青くくぼみ、印象がまるでオコってるように見えただけ……。「メルシー」がやっと私の口をついて出た。

コペンハーゲンの飛行場で下り、あの広いところをどこをどうやって出口まで辿り着いたかまるで覚えていない。コペンハーゲンという街がいったいどっちの方向にどれだけ遠くの方にあるのかさえも見当がつかなかった。何も知らないくせに、たぶん私の心の中には、どうせコペンハーゲンなんてパリと比べたら小さいところ……何でもちょっと聞けばすぐ分かるだろう……なんてタカをくってたキライがある。予定ではパリ一年滞在分の荷物をギッシリつめこんだ大トランクと、かつげるだけ沢山つめこんだ機内持込みのショルダーやカメラ等が重く肩に食いいるわけ……これは大変。ヨタヨタして私はタクシー乗り場を見つけると、もうすっかり疲れ果てていた。

するとものすごく大柄のがっちりしたおじさん運転手が私のところへきた。何かいう。分からないけれど私は一方的に「コペンハーゲン」とだけいった。

おじさんはあの重い私のトランクとショルダーを、両手にヒョイと持ち上げ、軽々と歩いていく。私はその後についていった。

「コペンハーゲン……ええとホテル・インペリアル」。インペリアルとは何と覚え易いことか！　それで運転手には通じてしまったようだ。

窓から見る風景は、とくに西洋くさい感動もなく、やがて無言のうちにコペンハーゲン市内に入る。そしてちゃんとインペリアル・ホテルの前に車は止まったのである。しかしこれがいけなかった。なまじホテルの名前さえ覚えてれば必ず着くと知ったのが、やがてパリでは大失敗となった。

ピースの箱

ホテルには着いたけれど、レセプションが私をなかなか部屋に通してくれなかった。美しい青年がそんな予約は入っていないと頑張るのだ。日本の旅行会社がぬかりなくやってくれたはずなのに、旅というのはほんとに、いつどこで、どんな思いがけない事態を引き起こすか、一寸先が分からないものなのだ。

仕方がないから、私はどうでもいいからどこか空いてる部屋に入れてほしいと、英語やフランス語やをゴチャマゼにして叫んだと思う。それでは午後まで待ちなさいといわれ、私はやむなく中のバーやレストランをはしごしながら、午後まで部屋の空くのを待った。何と淋しいことか！　今にして思えばやがて私が案内された一人部屋はたぶん屋根裏の安くてわびしいところだったような気がする。やっと部屋に落ちつくと、ホッとするどころかやたら悲しくなってしまうのだ。

思い出したようにタバコでも喫おうとしたが、日本から持ってきた両切りのピースはいつの間にかすっかり切れていた。カートンで無税のタバコなんか知らなかったみたい。さてこれからは外国タバコに切りかえかと、とりあえずタバコを買いにでも街へ出てみようと、そのままのセーター姿で外へ出る。

するとニ、三歩歩いてから、あまりの寒さにびっくりした。夏だというのに何という寒さ……これではたまらんとまた部屋へ戻った。どれか上衣をと思ってトランクから一つ引っぱり出したジャケット、その胸ポケットに何か堅いものがあった。「オヤ、何だろう?」と手を入れてみたらそれがま新しいピースの青い箱だったのである。

明らかにそれは私がしたことではなかった。トランクの上衣にピース一箱をしのばせる……なんてそんな気の効いたことをするのは、いったい誰だ?

「あいつだ。あいつにちがいない」

一昨日の夜か、私の荷造りを手伝いに来て、泊まっていったあいつのシワザにほぼ間違いがなかった。

そう気がついたらどうしたことだろう? 知らぬ間に涙がいっぱい溢れ、間もなく声が出るほどの泣きとなってしまったのだ。どうせ誰も見てない外国でのことだからと、独りしばらくの間泣き放しだったが、バカみたい。

それは美しい通りだった。大通りは、舗道と車道の間に洒落たウインドーが独立して何メートル置きかで配置され、ガラスの中に商品が並べられている。これで泥棒が夜中に壊さないとすると、デンマークってよほど治安のいい所にちがいないなんて思う。

日本を出る前はものすごい仕事の量に追いまくられ、とても外国の予備知識などを仕込む間もなくとび発ってきてしまったのだから、コペンハーゲンも何も実は知らなかったのである。ホテルの一人部屋は淋しかったが、外へ出るとコペンハーゲンの街は何となくほんわかと温かい感じがするのだった。

すぐ市庁舎のある広場に出る。そこで日本では見たこともないある種の解放感を覚えたのは、そのワケもない広さに加え、そこにいる沢山の鳩の群れや、小さい可愛い子供たちや、アイスクリームの屋台などののんびりした光景のせいだったかもしれない。私はパチパチと写真を撮ったが、実はこれ、私が生まれて初めて触ってみたカメラなのだ。出かける前に今は亡き堀内誠一君が、「これなら長沢さんでも撮れるかもしれない……」と渡してくれたペンタックス一眼レフ。

今みたいなバカチョンがまだなくて、いちいちメーターという万歩計みたいな器機で絞りなどを計らなければならないやつ。今あの頃の写真がないかと探してみたがムダだったのは、きっと映っていなかったのだろう。

　有名なチヴォリ公園はすぐにみつかった。夜だというのに何という人出。まるでお伽話《とぎ》のような楽しい建物が、美しい森や池や丘のあちこちに見えかくれし、そのイルミネーションが心を浮き立たせるのだ。わけもなく歩き廻り、足が疲れるとどこかに座っては買い食いし、ふと見ると、今にして思えばまるでカタリナ・ビット（フィギュアスケート女王）とそっくりの女の子が真紅なワンピースで独りじっと目の前のテラスに座っていた。

　一人だけだったからよかった。私は彼女を素早くカメラにおさめた。すると彼女が私にすっと近寄り話しかけてきたのだった。英語で……。私は淋しかったので下手な英語を目茶苦茶に使いながら話したが、彼女は私が気に入ったらしい……バカンスでアメリカのダラスから来た美術学生、ということだった。

　私もフランスから、一年後に日本に帰るときは、アメリカ廻りでアメリカのあちこちも一通り見て廻る予定だった。その中にはダラスも入っていて、私がそのことを告げると、彼女は喜んで、自分のダラスの住所と電話番号を書いてよこすのだった。彼女とまた明日、ここで会おうという約束が成り立った。彼女は他の学生と団体で来てるので、その日は食事にホテルへすぐ帰らなければならないということだった。

西洋って！　西洋人って！　こんなに簡単に近づきになれるなんて……私はすっかり有頂天になっていた。

弱いから、好き

優しい男なんて?

近頃の鼻につくはやり言葉の一つに「優しさ」というのがある。女性が望む男性の理想像として、今いちばん多いのが「優しい男性」というのを聞いたときも、何かイヤな気分がした。

優しさという言葉が世の中に氾濫しているわりにはいっこうに優しい男たちが見当らないし、だからこそ、優しさへの願望がこれほど強いのかどうか? と思ってもみたが、どうも女性が男に求める優しさというのには、女性特有の利己主義の響きがある。

西洋式レディファーストに不馴れな日本男性が、一見優しさに欠落したと見えるのも事実だが、それではあの優美な西洋風男性はみな本当に優しいのか? と問われればこれも大いに疑問である。

そもそも、男が女に優しいというのには、一部怪しい面があった。だから男が女に優しいのは、ちょっと恥ずかしいとか、照れ臭いというのが、つい戦前までの一般日本人のまぎれもない事実だった。本当に心の優しい男でも、女にはワザと冷たくさえしたものだ。今さすがにこれは少なくなった。西洋人ほどではないが、素直に女性をいたわる若い男性は確実にふえている。

でも、これだけで「優しい男性」といえるかというと、それは否。マナーやエチケットのレディファーストなどよりもずっと本質的な優しさがあるからだ。

それは女性ばかりでなしに、見知らぬ「他人」への優しさだろう。女、子供、老人に対してばかりではなくて、初めて出合ったすべての他人（又は異文化といってもいい）への絶えざる好奇心、又は興味といったものに近い。それは必ず、見知らぬ他人がもし困っているときなどには、ちょっと手を貸す「優しさ」と直かにつながっているのである。

これが、島国日本人の、いちばんニガテの優しさといえるかもしれない。些細なことだが、電車のシルバーシートをどんなにPRしても、ヨタヨタの老人などは無視してでんと坐りこんで居眠りする若い男性女性はいっこうに無くならない。中には「席を老人に譲る」という親切がとても恥ずかしいという人も多いそうで、これなどはたぶん世界広しといえども日本という島国にだけに育った、独特な屈折した感情だろう。

こんな若者がいったん自分の知ってる女とか家族などに対して、急に人一倍優しくなり、強引に席を譲ったりするものだ。自分の知人や家族に対しては優しいが、赤の他人に対しては冷たい……本当はこの方が恥ずかしい、というのなら誰にも分かり易いのだけれど、日本の現実はこの反対なのだからワケが分からないのである。

理屈はどうでも、優しさの基本は「見知らぬ老人に席を譲る」ところから先ず始まるのかもしれない。西洋風に、女に席を譲るというのはその次でいい。女性優先というマナーにはどこか女性を弱者と決めつける逆差別の面もあるし、激しいフェミニストのお叱りを受けるかも……。

親の分まで電車の席をとってくれるスバシっこいガキ共が、そのまま大きくなったみたいな、つまり身内にだけ優しく、他人に冷たい男に限って、女性には特別に優しいという事例も多いからだ。これは女もやがて自分の身内に取りこもうとするエゴイスムの現われにちがいない。

もし女性がそんな男の優しさを願望しているとすれば、やがてとんでもない不幸を背負わされることになるだろう。

弱いから、好き……

「優しい男」というのは私が十何年か前に初めて出したエッセイ集のタイトル『細長いスネをもつ優しい男たちの中で』（文化出版局刊）であった。その頃「優しい男」という響きがとても新鮮だったのを覚えている。まだフェミニズムが流行するちょっと前のことでもあったから、当時の風潮としては、男はすべからく女性にとって頼もしくあるべきで、したがって強くたくましい男性《マッチオ》こそが理想像とされていたものだ。たぶん女性の自立などよりは、女性は結婚し、ひたすら頼もしく強い男性に依存して生きるのが、自然で当りまえとされていたからに違いない。

もう少したってからは、女性の自覚が少し芽生えて、さすがに「強くて頼もしい男性」から「誠実な男性」に移行した。「セイジツ」という単語が一時流行したものだ。一生を男と共に暮らすための重要な条件として、男の誠実こそが「安心」のカナメであると考えたにちがいない。やはり女が生きるのに男との結婚に頼るしかない不幸な時代がまだ続くわけ……。それは私みたいにあくまでも自由に生きたいという男には一ばん欠けた性格だから、女に誠実を求められると私はいつも慄えた。

映画「存在の耐えられない軽さ」のトマシュでなくても、「あなたの軽々しさは耐えられない……」なんて女にいわれると、もう返答に困ってしまうのである。

出来るだけ自分を細く軽くして、他人に少しでも重さを感じさせないようにという男の優しさは、今でもまだ殆どの女性には理解してもらえないみたいだ。だから私は「細長いスネ……」の本の中で、少し過激にだったけれど、新しい男性美として、「弱い男性美」を主張したのだった。

男が強く頼もしいのではなく、孤独で弱い男性の美しさ……それは全く兵隊の役には立ちそうもない男性美。全く亭主の役にも立ちそうにない男性美として、それこそが現代の新しい男性像ではないかといってみたのである。そこにはこれからの女性が男と全く同じように身軽く自由に、弱さを助け合って、楽しく生きるための人間一般のあり方を示したつもりだった。

私はだから当面の敵を男社会の「強さ」におき、「弱さ」こそが愛の対象となった。

「あの人、弱いからキレイ」

「あの人、弱いから好き」そして最後に、

「あの人、弱いからセクシー」というのが私の三段論法であるが、女性は必ずしも直ぐには賛同してはくれそうもない。

弱さが美しいのは、まるで男性だけの特権とでもいってるみたいだが、それは女性に於ても弱さはやはり素晴らしいわけで、私にとって「弱いものはすべてセクシーである」というのはホンネなのだ。

私の学生時代、つまり戦前のことだが、フランス映画「罪と罰」にすっかり夢中になったことがある。日本が大戦に向かって突っこんでゆく一ばん暗い時代だったかもしれないが、暗いフランス映画がその頃の若者にはかえって救いとなり、フィットしたのかもしれない。

その中でも特に暗くて重いのが「罪と罰」で、原作は皆さんもご存じ、ロシアのドストエフスキー。質屋の婆さんをナタで殺した貧乏学生と、彼を愛する娼婦ソーニヤの哀しい物語だ。

優しいラスコルニコフがなぜ婆さんを殺したのか？　その哲学的解釈はムズかしくて私にはよく分からなかったけれど、主演の痩せたピエール・ブランシャールが、さも深刻な顔をしながら、それはそれで美しいと思ったのだ。

その彼をまるでマリアのように愛するのが、胸を病んでる娼婦ソーニヤ。雪の降る夜の街角に寒さに慄えながら彼を待っている彼女の余りのキレイさに、当時の多くの学生たちも慄えた。

ソーニヤを演じるのはマドレーヌ・オーズレー。ルイ・ジューヴェの劇団では彼のパートナーとして既に有名だった女優だが、「旅路の果て」でもう一度見ることが出来た。

彼女の美しさを一言でいえば、透き通るような肌の白さとその細さとが訴える、弱さの美しさだった。モノクロ映画ではあったが、まるで骸骨のような白い手指は、手の中ほど、つまり掌《たなごころ》までもさけたような細長さ……何というエロティックさ！　と私は思った。

人間の愛とかコミュニケーションは、プラスとマイナス、強さと弱さでこそ成り立つ……なんて、そんな通説に反して、マイナスとマイナスがふと引き合う時にこそ美しく、真の優しさが生まれるのではないだろうか。

サンドウィッチの年

フランス人って生来のエゴイストみたいで……。だからかどうか、ややこしい恋愛映画がとても得意である。男と女のエゴイスティックな駆け引きが、時には芸術的に昇華されてまことに美しい。ずーっと昔からそうだから、さすがにそのマンネリには近頃ちょっと食傷ぎみだった。

ところが最近見た二つのフランス映画がとても新鮮だったのである。ルイ・マルの

「さよなら子供たち」と、もう一本はピエール・ブートロンという私の知らなかった監督の「サンドウィッチの年」。

どちらも少年が主役の映画だけれど、そういえばフランス映画には、昔から恋愛ものよりもっと、少年映画の傑作は多かったのである。たとえば「禁じられた遊び」もそうだし、ルイ・マルだって「恋人たち」などより、私は「好奇心」の方がずっと面白かったくらいなのだ。

「サンドウィッチの年」とはまことに奇妙な題で、見るまでは何のことか分からなかったが、つまり子供と大人とに挟まれたちょうど十五の頃のこと。両側に挟まれたところの一ばん味が濃く美味しいところという意味でもある。ここで経験したものがズーッと人間の本当の味わいになっていくだろう。

パリがナチの占領からやっと解放されたばかりの頃、ユダヤ人の両親は逮捕されてしまい、自分だけ田舎にかくまわれて助かった少年ヴィクトールが、独りパリにやってきた。

とりあえず前にいたアパートへ行ってみたくても、メトロの乗り方さえ分からない。ヨレヨレの汚い恰好である。彼が困っているところを、スゴく金持ちそうな少年が通る。上等のツイードの上衣にニッカーボッカー、とても細いスネ。革の立派なトランクを持った手の華奢だったこと……フェリックス。

思い切ってヴィクトールがフェリックスに道をきく。いきなり汚い子に声かけられた金持ちそうな子は、どんなに驚くかと思ったが意外に静かだった。しかもとても親切……何か興味さえ持った風だ。たぶんこんな貧乏な子に面と向き合ったのは初めて……といったあんばい。

フェリックスも実はパリの叔父さんのところへ来たばかり……実は、何かワルサをして両親に叱られ、罰としてこれからバカンスの間、パリの叔父さんの手伝いをさせられるというわけ。

彼が地下鉄の乗りかえ場所までくわしく教えてやっても、ウロチョロして切符の買い方も知らないヴィクトール。フェリックスはついにヴィクトールをタクシーでそこまで送り、別れる。すっかり仲良くなって電話番号も教えて……。

「えっ、タクシー? タクシーってとっても高いんじゃないの?」

なんて、ヴィクトールはそうでなくても大きすぎる目を見開くばかりだった。

私たち日本人がこんな外国映画を見てていつもよく分からないのが、今でも西洋先進国にちゃんと残っている階級社会のこと……これは同じ国家にありながらまるで他民族よりももっと異文化的な存在らしく、たとえば下流の者が努力してやがて上流になろうなんては、テンから考えないらしいところがあるからだ。

ずっと昔私がロンドンに初めて行った時、あるインテリのロンドン青年といっしょに、その頃では珍しいビートニク酒場を探していた。道がよく分からなくて、私は通りがかりの紳士にきこうとしたのだが、彼は私をワキに引っぱり、「あの人は労働者だよ」といった。私には紳士と見えても、ロンドン児には労働者にしか見えないという、この驚き……そして労働者を通り過ごすその冷たさにアキれた。

そういえば同じパブでさえ上流と下流では場所が区切られていて、それで平和だったのである。パリの大衆の足といわれる地下鉄には一等と二等があり、ロクにしらべにも来ないのに、誰も空いてる一等に乗ろうとはしない……あの平和共存がわれわれには何とも異様に見えるのだ（パリの一等には、この頃スリが多いそうだからかえって危険！）。

二人の少年のささやかな交流を通して、その背後にあるブルジョワと労働者階級の姿が見えてくるのも、この映画の面白さではあった。

マイナスとマイナス

階級以上に異文化風なのは大人と子供のジェネレーションで、これは日本も同じ、大人はそんな子供に新人類呼ばわりをする。

ヴィクトールが住むところをみつけたのは、クズ屋みたいな古物商のマックスの家だった。

マックス老人は痩せこけの少年がそんなに役に立つとも思えなかったが、身もとをききながらついに雇うことにする。それはたぶん自分と同じかくれユダヤだったからだ。しかしその可愛がり方やコキ使い方が独特で実に面白い。

少年がとび出してくる時に田舎から盗んできたお金を全部田舎へ送り返してやり、その金を返済するまではここで働けとキビしいのだ。

「ユダヤは人に絶対、借りを作らない」

なんて！　優しくて私は思わず泣いた。

筋向いの小さいバーにはいつも労働者たちが、ゲームをしたりだべったりしてて楽しそう。

アメリカ占領中だから、アメリカかぶれの若い古着屋もいた。老人はやはり給料さっぴきで少年にましな服装をととのえてやるが、やたらにアメリカものを有難がるところなんか、当時の日本とそっくり。

上から下までアメリカの服を着て、ヴィクトールが初めてフェリックスの家を訪ねるところなんか、その邸宅が余りにも立派で、見てる私までが慄えたほど。それからも少年たちの心温まる交流は暫く続いたが、最後にはやはり階級としてのケジメをつけられる……この淋し過ぎるラストがとても洒落たフランスの味だった。

それで、下層の者は何もムリして上になど昇らないでも、下層にしかない心の豊かな人生がちゃんとあることもよく分かった。

老人と子供、異人種、女と男、などをつなぐ同じものが、ブルジョワと貧乏人の間にもちゃんとあったのだ。それが即ち「弱さ」というマイナスの美しさだったのだ。

映画の中のダンディスム。

「暗殺の森」のピエール・クレマンティ

ピエール・クレマンティ

一九七〇年といえばもう十八年も前のベルトルッチ映画「暗殺の森」が再び日本で見られることになったのは昨年の春だった。この試写会の案内状が来た時「これだけは絶対に見なくちゃ……」と興奮……ちょうど東京コレクションの真っ最中で、私は毎日これを取材しなければならない身ではあったが、サボって出かけた。

「ハイファッション」に原稿を頼まれていたのだから良心がとがめたのに、それでも私をサボらせたこの映画の原動力はいったい何だったのか？　六月になれば六本木のシネ・ヴィヴァンで封切られると分かってながらそれが待ちきれないのは、第一にピエール・クレマンティに会いたいと……。ヨーロッパ映画俳優の中ではサイコーにダンディなスターとして、私が長い間、恋い焦がれた人だったからである。

最近に会ったのがブニュエル最後の作「欲望のあいまいな対象」だった。もう三、四年たつ。かつての美青年がどんなにフケたかと心配しながら見たのに、ちっとも崩れたふしがなく、相変わらずの瀟洒さで万年青年を思わせた。

ピエール・クレマンティなんていったって、「こんな俳優なんか知らない……」という人のほうが多いのは分かっている。アメリカ映画ばかり多い日本で、彼の出る映画を見る機会はいたって少ないのだからしかたがないだろう。それでも彼のファンならヴィスコンティの「山猫」でランカスターの美しい息子として登場するのを見逃さなかったろうし、私はテレビで彼が出た「奇襲戦線」というレジスタンス映画を偶然にみつけ、これは拾いものをしたと思った。彼が電話ボックスの中で受話器をとり上げたその折れそうな細い手首に驚いて顔を見たら、それが若かりし日の少年ピエールだったからである。

しかし彼の強烈な個性を日本の観客に印象づけたのは、なんといってもブニュエルの「昼顔」だろう。カトリーヌ・ドヌーヴ演じるブルジョワ・マダムが、亭主のいない昼間の時間だけ娼婦館でいろんな男の客をとる……というスキャンダル・ストーリーで、その男客の一人にサディストのクレマンティがいた。

スマートなスターが悪役をやるとそのブキミさは更にスゴミを増幅するらしく、あんなに恐ろしいクレマンティは私もはじめてだった。かわいい黒目がちの瞳に落着きがなく病的で、蒼白の小さい顔は頬がこけ、無精ヒゲでいっそう蒼ずんでいる。めったには笑いそうもない冷たい顔が、ふと口を開けて薄笑いをしたとき、あまりの恐ろしさで私は卒倒するかと思ったが、それは汚れた口の中からキラリと金歯の列がのぞいたからであった。

パゾリーニの「豚小屋」でも、彼は全裸となって荒野をさ迷ったり、豚とセックスしたりして私を驚かしたが、彼がヨーロッパの一部青年層にカリスマ的人気を持続している理由の一つは、彼の出演する映画の監督たちもみな一流のカリスマばかり……パゾリーニ、ヴィスコンティ、ベルトルッチ、デューザン・マカヴィエフetc.ということがあるだろう。

だから私はパリに着くとその日のうちにキオスクで買う「パリ・スコープ」の中に、まずピエール・クレマンティの出る映画があるかどうかを探したものだ。パリというのは古い映画の宝庫のようなもので、私は日本では封切られない「スイート・ムービー」だの、「運命の皮肉」などを求めてパリ中をかけ巡った。「スイート・ムービー」はデューザン・マカヴィエフの大傑作だが、その前衛性と猥褻さで今後も絶対に日本では公開されることはないだろう。

外国で映画を見て困ることは、第一に日本語の字幕が出ないことで、スジが分かり難いことだ。私のフランス語程度では時にうんと短いフレーズくらいしか耳に入ってこない。それでもパリで映画を見たいのは、日本みたいにいいところでボカシや引っかきにあわないうれしさがなんともこたえられないわけで、そんなワイセツ描写はドラマの中で、いつもちょうどすしのワサビみたいな厳しい役割を果たすのがよく分かるのである。

「スイート・ムービー」のクレマンティはかわいい水兵のいでたち……だいたい紺の制服は男性をかわいく見せるものだが、彼の細い蚊とんぼの脚が自転車をこぐ。自転車は運河を走る船を追っているのだ。船の舳先《へさき》にはまるで自由の女神のようにスゴい美人が突っ立っていた。やっと追いついた彼は自転車を捨てると、土手の上からいきなり彼女に向かって小便を放つのだった。カメラはちゃんとそのシーンを真正面から写している。

……ジッパーを開け、長い自分のホースを引っぱり出す。いきなり小便が河に大きな弧を描くと、観客はやんやの大笑いだった。舳先に立った女神もそれにこたえて彼になげキッスをするのだが、今度はクレマンティが自分の小便を手で扱ってそれになげ返す。

この長いシークエンスをワンカットでズームするのだから、俳優って大変だナと思った。クレマンティはそのホースもが立派な二枚目だと感じ入る……。

コンフォルミスム・デギゼ

「暗殺の森」のクレマンティもある制服を着て現われる。ベージュのカスケットと共色のサファリ風ベルテッド・スーツだが、ボトムはジョドパーズ風のタイツ。その細身をダイレクトに生かしてよく似合うのだ。ブルジョワのお抱え運転手らしくクラシックカーをとめて、さっきから公園でじーっと子供たちを見ているのだ。それは小学校から帰りがけの学童が群がって、一人の少年を解剖しているところだった。解剖とは、嫌がるのを無理にズボンをはぎとり、中からおちんちんをとり出して泣かせてしまう悪戯で、それは私の田舎でも中学の頃よく流行った。私はやられなかったけれど……。

やられた少年はこのドラマの主人公マルチェロ（ジャンルイ・トランティニャン）の昔なのである。やがてこの事件は彼の抜き難い心の傷跡となって、その人格形成に大きな影響を及ぼすのだった。

悪い学童たちが逃げ去ったあと、一人残された少年がそのズボンをたくし上げ、しょぼしょぼと歩きだす後ろ姿を、クレマンティが車でゆっくりと追う。そして少年を車に引き入れ、大きな館に着くと、さっきの事件についてひやかし、二人はじゃれ合う。やがて屋根裏の小さな部屋に連れこみ、ベッドでその帽子をぬいだクレマンティの変身ぶりもみごとだった。帽子をとるとその中にそれまで隠されていた長髪はその肩までも包む豊かさで、まるで女！　少年はふとベッドにかけ上がり、彼の顔を両手に挟んでキス。

しかし青年が少年をゆっくり弄ぼうとしたときはスルリと逃げだした。絶望したクレマンティがいう。

「俺をそのピストルで撃ってもいいよ」と……。

少年は引き金をひいてびっくりする。実弾がこめられていて壁をつき抜く……狂ったように撃ち続けた一発でついにクレマンティは倒れた。

「ホモを殺してしまった」という幼少の記憶から抜け出せないでいた彼がやがて青年になった時、そこにイタリアのファシズムがあったのだ。しかも若い男狂いの母と精神病の父……腐ったようなブルジョワ家庭から抜け出して、せめて世間並みに通常の自分を確立しようとする青年にとって、目の前に開けたファシズムの秩序が、まるで用意された一つの道のように見えてくる……。

この映画の原題は〝Il Conformista〟つまりコンフォルミストのことで、同調者とか順応主義者という意味で一時は日本人にもつかわれていた。イタリアの文豪アルベルト・モラヴィアの原作である。モラヴィアの小説はいろいろと映画化されたけど、モラヴィアは、映画と小説ではその言葉が異なっていて、原作とは別のものになるのが必然と割り切っている。しかしその中で〝Il Conformista〟だけは最高に好きだともいっている。

ベルトルッチも、ラストシーンは原作とはすっかり別な形にしてしまったという。つまり原作のようにファシズム同調者を殺して殉教者とはせずに、ベルトルッチは彼を生き長らえさせることで〝同調主義〟そのものをかえって強調したのであった。

私は学生時代に林達夫先生のレクチャーで「コンフォルミスム・デギゼ（偽装の順応主義）」といういい話を聞いた。つまり日本のファシズムはイタリアなどより更に激しく、国民に一億総軍国主義を強いたわけだ。生きるためには、この際やむを得ず日の丸に従うけれど、心では決して従わないというズルい生き方のことだ。私が具体的に反戦運動など何もしないですんだのは、きっとこんな言葉に慰められたからにちがいない。当時の日本の学者たちはなんと便利な言葉を教えてくれたことか。

しかしこんな言葉さえ、当時の日本ではかなりの危険があったのだから、林達夫ってなんて勇敢な先生だろうと思った。だからこの映画を見て、ふと私は自分が今日まで生き長らえてきたことに疑問を抱いてしまった。まるでこのドラマのように、マルチェロが生き残ったと同じ姿で生きているのに思わずゾッとしてしまったのだ。心の中でたとえ「反戦」などといってみたところで何一つすることもなく、結局は軍国主義と同じ歩調できたわけだ。「……デギゼ déguisé」などといって自分をゴマカしてきただけにかえってタチが悪い。

マルチェロが少年の時に殺してしまったと思い続けたあのホモのリノが、ちゃんと生き残ってるのを知った日……それはたまたまイタリア・ファシズム崩壊の日であったが、彼をみつけてマルチェロが群集に向かって叫ぶ……。

「あのホモ野郎はファシストだった」と。

彼は再び時代に同調して、イタリアの新しい民主主義に変身したわけだが、さてそういう私はどうなのだろう？　とこのドラマは観客に向かって返り血を浴びせるのだった。

いっそ原作（私はまだ読んでいないが）のように、ホモのリノといっしょに逃げるマルチェロが機銃掃射で殺されてしまう……そのほうが、後味はよかったかもしれない。

原作は『孤独な青年』と訳されてハヤカワ文庫で出てるらしい。どちらがよりいっそう私の救いになるか読んでみなければなるまい。

ファッションとはしょせんコンフォルミスムでしかないのだから、これは単に私だけの問題ではなさそうである。

ピエール・クレマンティ　イタリア映画「暗殺の森」より

「眺めのいい部屋」のダニエル・デイ・ルイス

まるでジッドみたい……

私だって中学生の頃まではいっぱしの文学青年だった。だから教科書よりは幾冊かの世界文学全集のほうにずっと情熱を傾けた。田舎ではそれくらいで充分に間に合い、いっぱしの生意気ぶりっ子で通ったのだ。しかし田舎からいきなり駿河台の文化学院に行ってみると、それが通用しなかったのである。私が新しい文学についてはほとんど無知だったからで、当時の青年の間で流行っていたアンドレ・ジッドというフランス小説家の名前も知らなかった。慌てて、神田の古本屋に行ってみると、アンドレ・ジッド全集というのが横一メートルくらいの幅でどの本屋にも並んでいた。

私が最初にジッドを買って読んだのが『法王庁の抜穴』……これはフランス語の教科書がそうだったからだ。つまり虎の巻として買わざるをえなかったのである。どんな面白い小説も教科書となってしまっては、とたんに明るさを失い、すべてが暗澹としたものに変貌してしまうから不思議であった。原語で読み、虎の巻で読みながら、今そのストーリーさえも思い出せないのだ。

ジッドって何だろう？　というのが、当時の私にとっての「東京」だったような気がする。次にジッドの自伝小説『一粒の麦もし死なずば』を読み、『背徳者』で彼のモラルを知り、『コリドン』で彼の偽善を見た。同性愛者としての自分をいかに美化し、弁明してみても、自分を救いうるほどの論旨の明快さには至らなかったのである。しかしそれがかえってむき出しなジッドの弱さと美しさにも見えた。その後にジッドはその文学よりもエッセイや評論のほうにずっと私を引き寄せていったのだ。『狭き門』はも一度読もうとは思わないが『ソヴェット旅行記』は今もっとも読み直してみたい本の一冊なのだ。

キリスト教の人間がいきなり神という大きな壁にぶち当たったのは、彼の「コリドン」的な自分の肉体だったかもしれない。彼は次第に神よりも生きた人間のほうに目を向けていくのだった。

やがて神からの解放をソヴィエト革命に感じとり、そこに人間の完全な自由を夢想したのだからたまらない。ソ連としては世界的流行作家が来てくれたら大宣伝になると、国賓待遇以上の大歓迎だったらしい。それにもかかわらず革命途上にある醜い現実がジッドの期待をことごとに裏切ってしまったのだった。ジッドってなんて大甘なお坊ちゃんなんだろうと、私みたいな若造にだって分かったくらいだから、当時の真面目なインテリたちはジッドの『ソヴェット旅行記』をミソクソに批難したようだ。

しかし今考えてみると、その後にスターリンがファシズムに移行するキザシを、彼の繊細なお坊ちゃん的感性がいちばん先に誰よりも鋭く摑んでいたにちがいないのである。

ジッドの顔も嫌いではなかった。西洋人特有の立体感にはむしろ乏しく、何か東洋の血も混じってるのでないかといった静かな面影は、細面でいつも淋し気なのだ。清潔でしかも優しそうに見えた。後年にノーベル賞など貰ったりしても決して肥え太ることがなかった。

戦後にはすっかり世間から忘れられてジッドの名を語る人ももう無くなってしまったが、それは私も同じなのだ。こんなに長い間忘れ去っておきながら急に思い出したのはヒョンなきっかけだった。

それは先日の試写会で見た英映画「眺めのいい部屋」である。このドラマに出てくるダニエル・デイ・ルイスが庭を歩きながら本を読んでいるカットで、なぜかフト私の頭の隅をアンドレ・ジッドの名が横切っていったのだった。それはまことに唐突で奇妙な組合せであったが、そういえば彼の顔にはジッドのような何かがある。生き写しとか似てるとかというのではなくて、もちろんルイスのほうがずっとずっとハンサムなのだけれど、何か淋しそうで上品でお坊ちゃん風な……。

ルイスはヴィクトリア朝時代の中流階級に属する典型的な紳士像を、ウィットに富んだ演技で見事に再現した。イギリスのこの時代は世界中に拡がった大植民地を支配して最も豊かだった。世界地図を拡げるとイギリスのピンク色が地球上をくまなく蔽い尽くし、その合計面積の大きさはスゴかった。それに反してアジアの隅でうっかりすると見落としそうなくらいに小さなわが日本。イギリスのピンクの少しでもいいからこっちに貰えたらなあ……なんて、その頃、潜在的な侵略思想を古い地図によって植えつけられた日本人もいたにちがいない。

その後、日本はイギリスにならって中国を侵し、ついには世界中を敵として争ったが負けた。すべての領土を失くし、小さいスイスみたいになろうとしたのは正しい判断であった。領土の広さと国民の幸福とは比例しないばかりか、いつも反比例するということを、大きな犠牲を払った末にやっと理解したかと思ったが、まだ「北方領土を返せ」なんて古臭いことをいってる人もいるのである。

なにしろイギリスの当時の中流クラスというのがどんなものであるかはこの映画を見るとよく分かるが、まるで広々とした公園のような敷地にお城みたいな大きな家に住んでいる……。

「ウッソー。これで中流？　これ上流階級じゃないの？」と、日本人なら誰でも思ってしまいそうだ。もうどんなアンケートがきても、「僕の生活は中流だと思います」なんて、私はもう口が裂けても云わないだろう。

そしてその部屋のヴィクトリア朝インテリアの贅沢な美しさなど、真似は出来ないまでも一見の価値はある（一九八七年英国アカデミー賞五部門を受賞し、その中にはもちろん美術監督賞も……）。

お別れは握手

ダニエル・デイ・ルイスに私が夢中になったのは、この前に見た「マイ・ビューティフル・ランドレット」だった。彼の主演というばかりでなくて、この映画は現代英国の病んでる現実を巧みに浮彫りにする中身の濃いドラマだった。しかしもう今どこでもやっていない。私は試写でしか見なかったので一般の映画館の大きなスクリーンで、も一度見たいナ……と思っているうちにもううち止めとなってしまった。あまり観客が入らなかったのだろうか？

　イギリス映画としてはアメリカやヨーロッパでも珍しく大うけし、アメリカ・アカデミー賞の三部門でも入賞してるほどだ。ルイスはこれで一躍にして注目のまととなり、「イギリス映画の希望の星」といわれたり、アメリカのある雑誌がまとめた「世界で最もセクシーな二十人」の中にランクされてしまったのだ。

　ここでは「眺めのいい部屋」の紳士とはうって変わって、ロンドンのパンク青年を演じている……ヴィクトリア朝のイギリスとは反対に、現代のロンドンではたくさんの白人青年が職を失い、彼らはその昔、外国から連れてきて働かせた移民たちを排斥するナショナル・フロント、つまり一口でいうと街のチンピラになっている。なぜならば働かせるために連れてきた移民たちのほうが、今ではプア・ホワイトよりもずっといい暮しをしているという現実がある。金だけが頼りという教訓を、長い移民の歴史の中で摑みとり、実業で成功しているパキスタン人たちも多いからだ。

　オマール（ゴードン・ウォーネック）はそんなパキスタン二世でなかなかの美青年。成功した叔父のコインランドリーをまかされている。実はジョニー（ダニエル・デイ・ルイス）とは五歳の頃からの幼なじみだった。それが今では敵味方となってしまったのだが……。

ある日の夜、オマールの運転していた車が街のチンピラにとり囲まれて立ち往生……彼がガラスの窓越しにふと見つけたのが幼なじみのジョニーだった。彼は一人だけ仲間から離れてそれを見ていたのだった。オマールは勇敢にも車のドアを開け、静かに歩いてジョニーのほうに近づいていった。ジョニーは青いブルゾンがよく似合うパンク……短くカットした頭髪の毛先だけが金色にトガっていた。

「しばらくだったネ」とオマール。そして「今何してるの？」ときく。ジョニーがややその美しい唇をひきつらせながら、

「ごらんのとおりでこれがみんなオレの仲間たちさ……」

そのうちに仲間が二人をとり囲みはじめたが手出しはしなかった。長居は無用と感じたオマールは、

「今度ウチに電話してこないか？　番号は知ってるネ」

「うん知ってる……」

別れの挨拶にオマールが握手を求めると、ジョニーがズボンのポケットからするりと手を出してそれに応えた。しかしその手の何と細かったことか！　チンピラの見守る中で、まさか二人が握手するとは考えられない……そんな険悪さだったので、私はドキドキしながらその美しい握手を見たのだった。

間もなくジョニーはオマールといっしょにランドリーで働くことになったが、今までの仲間のチンピラたちは黙っていなかった。

「あいつらは使うために連れてきたパキスタン人じゃないか！　それを反対に白人が使われるなんて、お前はイギリスの恥だとは思わんのか！」と。

何か右翼のセリフって、イギリスも日本もまるで同じみたい。

そのパンク青年が百八十度転換して、「眺めのいい部屋」ではアンドレ・ジッドを思わせる文学青年となっていたのだから、私がそこで二度彼に惚れ直してしまってもやむをえない。

親の遺産を守って浪費せず、地味に上品に暮らすイギリス中流の紳士たちは、なまじ生産などにたずさわらないのが本筋だ。仕事というものは労働者階級のためにとっておくしきたりなのだろう。その代りとして、高尚な趣味と教養を身につけ、下手すると俗事には全くうといお坊ちゃん……ヒロインのルーシー嬢に結婚を申し込みながら接吻する術も知らないという彼……彼女に初めてキスした時は、その高い鼻が邪魔になって鼻眼鏡を落っことす……その無器用さ……何かその辺がとてもジッド的だったのだ。

それはアンドレ・ジッドが妻を愛しながら、一生その肉体だけは愛さずにしまったのと、いかにもよく似通っていて、私にジッドをふと連想させたのはきっとそこらなのだ。

しかしルーシー嬢はそれがいかにももの足りなかった。フローレンスの旅先で突然のように暴力的な接吻を求めてきた自由主義の青年エマソン（ジュリアン・サンズ）のほうにいつの間にか心が傾いてしまうのを抑え切れないでいる女心……。

ついに別れの時がきた。彼女は思い切ってジョニーに婚約解消を告げるのだった。「性格が余りにも違い過ぎ、二人はきっとうまくいかないと思いますわ」と。

彼はこの突然の申入れに驚くのだが、顔には出さないし、怒りも反論もしなかった。イギリス紳士は黙ってただすべてを理解しただけ。そして最後の一言が泣かせる。「お別れに握手をしてくれますか？」と。そしてあの細い長い指で彼女の手を握りしめたのだが、これは感動のシーンであった。

……何か私たち日本の中流人種とはまるで別人種のようだったのが強烈な印象として残っている。最後に申し添えたいのは彼のベストドレッサーぶりで、ヴィクトリア時代の細いスーツをこれだけ見事に着こなす俳優は珍しいと思う。もっとも彼は時にファッションモデルもこなしているらしいけれど……。

ダニエル・デイ・ルイス　イギリス映画「眺めのいい部屋」より

「ハッピー'49」のスヴェトザール・ツヴェトコヴィッチ

寂しいダンディスム

ダンディな男としてまず、思い浮かぶのはデニス・クリストファー……ハリウッド映画の伝統的な古臭いマッチオ美男からはみ出した、あのか細いダンディスムに、何か現代の新しさを感じたからだった。

野獣と闘ってた太古の時代ならともかく、喧嘩や戦争向きの男性なんか、今どきヤーさんか右翼以外には不向きだ。しからば頼りなげで弱々しく、あらゆる闘争に不向きなデリケート男性美とはいったいどんな男なのだろうか？　果たしてそんなのが男としてホントに美しかったりセクシーだったりするだろうか？　それを具体的に示さないでは私の一人よがりと取られかねないからだ。例えば俳優ならどれ？

さすがにもうインディアン征伐の西部劇は少なくなったけれど、あのジョン・ウェインは姿を変えて、今スタローンその他が続々とあとを絶たない。その中からどうにかして私好みの優しい現代美を探し出すとなるともうほとんど至難のわざ……そういえば「イージー・ライダー」の頃のピーター・フォンダなどは、私が米画で出会った最初の今日的美形だったような気がするのだけれど……。

あの頃、ヴェトナム戦争を拒否してドロップアウトした若者たちがやたらに神々しく見えたものだ。「戦争よりもセックス（愛）を……」なんてスローガンも洒落てたし、世間では長髪とひげ面のあの若者たちをフラワー・チルドレンなどといった。

「白昼の幻想」のリッチ・ヒッピーもよかったが、「イージー・ライダー」や「さすらいのカウボーイ」では本ものの弱いヒッピーとなり、映像のピーター・フォンダはその静かな表情で、まるで絵に描いたキリストみたい。私は「さすらいのカウボーイ」を当時五回は見たのだから間違いはないと思う。

ピーター・フォンダのイメージがようやく崩れたきっかけは、たぶんあのキリスト風あごひげを剃り落としてからのような気がする。ヴェトナム脱走兵を演じた「ふたり」のときは、ひげなしでもその美しい役柄のせいか、さほど気にならなかったけれど、後年、何か日本の映画に出てきて、いろんな週刊誌のグラビアにのった。それを見ながら私の熱が急速に冷えこんでいったのを憶えている。

かつてあんなに蒼白く痩せ細っていたボディラインも、いつの間にか金持ち風にすっかり肉がつき、どれも変にニコニコ顔をしてるではないか！　もうどこにもあのヒッピーらしい清潔感はなかった。

現代の男性美では、男はやはりいったん金持ちになってしまうと、男らしい繊細さはとかく失われやすいのではあるまいか？　貧乏すぎても困るだろうが、とにかく〝金持ち〟は男性美にとってたいへん危険なもの……金持ち男は大いに気をつけなければなるまい。ホントの優男はやはり昔どおりに金と力はないのが無難なのである。つまり男性の魅力を、金と力とでどうにかゴマかしてきた今までのやり方ではなしに、金や力を度外視してそれでも成り立つ男の魅力とは何なのか？

だから時々ここに登場したダンディのサンプルは、とかくアメリカよりヨーロッパ映画に傾いた。特には書かなかったけれど、数年前のフランス映画「田舎の日曜日」に出てきた老画家の清潔で孤独な美しさも忘れられない。別にスマートでも美男でもなかったが、あの小柄で痩せ細った老人ぶりは清潔感に溢れていて、当時、私はあんなふうになりたいものだと熱望した。芸術家特有のギラギラした野心もなくて、淡々と平凡な自然や室内静物と向きあっているディレッタンティズムは、少しブルジョワ的だったが、自分を決して天才とは信じない、静かで寂しい人柄をしのばせていた。

本売りの少年

久しぶりにやっとみつけたダンディNo.1がダニエル・デイ・ルイス。そこへもう一人をつけ加えるのは少し気恥ずかしいのだが、出るときには出るもので、これまたNo.1なのだ。見たばかりのユーゴスラヴィア映画「ハッピー'49」に登場したスヴェトザール・ツヴェトコヴィッチ……舌を嚙みそうでとてもいいにくいから、皆さんぜひ五回は読み返して口になじませてください。

試写室の説明書によれば「……否定的なキャラクターを見事に演じきったスヴェトザール・ツヴェトコヴィッチは、今年の最も優れた俳優として注目を集めている」とある。'85年のカンヌ映画祭でグランプリを獲ったのがユーゴ映画「パパは、出張中！」だったほどで、今ユーゴ映画は世界中から注目されている。だから彼はもうすぐ世界的なスターになってしまうのではないかと私は予感するのだ。それくらい衝撃的な美青年の登場で、ふと私は昔の「灰とダイヤモンド」に出たズビグニエフ・チブルスキーの初登場を思い出したほどだ。

ユーゴには一度しか行ったことがないけれど、私の印象では美少年が多いと思った。アドリア海のリゾート、スプリットから東京へ帰るには、乗継ぎのため、首都のベルグラードへ一泊しなければならなかった。それはダニューヴ河を望む美しい大都会で、とりあえず私はホテル近くの繁華街に出た。たくさんの商店やカフェの並ぶ、パリのサンジェルマンみたいなところだ。なんと両側の舗道には数えきれないほどたくさんの少年たちが、何百メートルにもわたって古本を売っているのだった。ちょうど秋の新学年を前に、不用になった教科書や参考書を、地べたに並べて売っているわけ……それが細くて可愛らしいのばっかりだ。私はゆっくり往き来しながら眺めさせてもらったが、ついでに、その中でもいちばんか細い少年の前にふと立ち止まっていた。もちろんユーゴ語(?)なんて分からないけれど、世界地図なら少しは役に立つだろうと、かなり立派な一冊を手にとる……印刷も製本もかなり上等だ。

「セ・コンビアン?」

返事が返ってきてもいくらかは分からないし、お金の計算にヨワい私は大体の見当をつけて一枚のお札を出した。すると少年はとたんに驚いて、

「おつりがありません」

と、とてもガッカリした表情をする。

そういえば買ってる人なんかはめったにいなくて、彼らはそこで一日中お喋りを楽しんでるみたいな風情なのだ。

「そう……じゃ、しょうがないな……」

　一瞬「おつりなんかいいよ」といいそうになった私だけれど、そこはグッとおさえた。そしてわざとあっさりと、しかし後ろ髪を引かれる思いで立ち去ったのである。ヌカ喜びの少年のあのガッカリした表情がいつまでも私の頭に残った。

　散歩に疲れた私が大きな木の下のカフェをみつけて、アイスクリームをなめているときだった。ふいに「ムッシュー」と私を呼ぶ声でふり向いた。するとどうだろう、さっきの少年がか細い脚で後ろに立っているではないか！

「本とおつりです。あなたをずいぶん探しました」

　とたんに私は笑いだしてしまった。そして、

「そう、それはどうもどうもありがとう。よかったらアイスクリームを僕といっしょに食べていかない？」

「えっホントですか？」

「もちろんだとも……」

「じゃ、この本をもう一冊差し上げましょう」

　少年は私に全然分からない何かの本を差し出したけれど、私はそれは読めないからと押し返してしまった。すると少年はまたもや残念そうな顔をし、やがて立ち去って

しまったのである。

ふと私は、あの本をもし私が受け取りさえすれば、あるいは彼は、私といっしょにアイスクリームを食べていってくれたのかもしれない……と気づいたのだが、もうその時はあとの祭り。

次の日、もう一度あの街で少年を捕まえ、そしてあの本を貰い直したいという欲望に駆られたが、私はそれを果たせずに飛行場へ行かねばならなかった。

昨日「ハッピー'49」を見たとき、ナゼか妙に私の心を激しく突っつくものがあった。それが何なのか急には分からなかったのだけれど、しばらくしてふと気づいたのは、主人公の面影にどこかあの時の少年が宿っていたわけ……あの悲しそうな目とちょっとだけ見せた笑い顔……。でもあの小さかった少年が、あの時からまだ三年もたたずに、急にこんなに大きくなってしまった……なんては、もちろん信じられない。それなのにこんな錯覚を防ぎようもなかったのは、ツヴェトコヴィッチの魅力の中に、そんな少年性が色濃く残されている……といった、ただそれだけのことだったのだろう。

ハッピー'49

第二次大戦でチトーは盟友スターリンと組んで勇敢にナチスと闘い、ついに戦後の

独立を得た。その社会主義国ユーゴスラヴィア。それなのに間もなくチトーはスターリンのしつこい干渉を嫌い、ソヴィエト圏から脱却して地球上に初めてユニークな自主管理社会主義を建設する……チトーってなんて素晴らしい英雄だろうと、当時から私は無条件に尊敬していたのだが、このドラマを見ると今までの私はイカに無知だったかが分かる。

ソ連圏からの離脱という政治上の選択が、その時ユーゴに何をもたらしたか？　私にはとても想像もつかなかったことだけれど、親ソ派分子の弾圧、そしてその密告というイヤな事態をもたらしている。それまでソ連と仲良くしてたユーゴの人たちは非常にたくさんいたはずだから、突然一方的に反ソを迫られても、生きるためとはいえ急に反ソへ転向などと変われるわけがない。生死をかけたギリギリのところですべての国民が二者択一の選択を迫られる悲劇は、まさに暗黒の時代としかいいようがないものだったという。

そういえば「パパは、出張中！」もここにふれていたのだが、私はそこを少し軽く見過ごしていたと思う。ユーゴのヌーヴェル・バーグといわれている若手監督たちは、自分たちの知らなかった一九五〇年前後のこの時代を最重要なジャンルとして今、盛んに取り上げているのだという。

ソ連と仲良かった時代には当然たくさんの人たちが、軍人をはじめとして学者も留学生もいたはずで、彼らはチトーの新宣言によって今、盟友ソ連から立ち去らなければならない……映画はそれらの人たちを満載した列車がユーゴ国境へ向かっているところから始まっていた。

汽車が母国に近づくにつれ、悩みぬいたあげく、国境の手前で降りる人もいた。最後まで決断がつかず、母国に入ってしまうとそこに歓迎の群集や国旗の波……これを見て絶望のあまり隠し持ったピストルで自殺をとげる人……その辺の複雑さはちょっと理解を超えるかもしれない。

しかし日本にだってそれはあった。終戦直後、せっかく自由と平和とがやってきたという時に、悲しみのあまり切腹した人がいたというのだから……。しかし主人公のコスタ（ツヴェトコヴィッチ）はノンポリの闇屋で、街でも札つきのワル、それももとはといえば母の入院費のためだったし、ソ連に留学する兄キの留守を守って、一家の経済を一人で支えたのだ。それは若い妹弟と、年とった父母、耳のきこえない祖母たちである。

そこへ兄のボタが、ソ連で結婚した美しい妻を連れて帰ってきた……コスタは一目見て兄キの妻に惚れてしまうのだった。しかし兄は帰るとすぐ親ソ派と密告されて秘密警察に連行されてしまうのだが、日本にも今、国家秘密法なんかできそうな気配なんだから、とてもヨソゴトとは思えない。

しかしコスタが闇屋らしい上等の白いスーツ姿で、当時のみすぼらしいディスコにパッと現われたとき、私はそのあまりの美しさにびっくりしてしまった。スーツが上等すぎたのかグズグズに大きめで、細い首が異常に長い。並みいる人たちの中で首だけ抜きん出たノッポだったこともある。手首の細いことといったら一般的にはとても札つきのワルとはとれないのだが、目の光が違っていた……鋭い光と妖しい動き……それなのに少年のあどけなさは隠しきれないのだった。

ふだん自分のイミ嫌う職業、たとえばお巡りだとかヤーさんなどの中に、ひときわ目立って鋭く痩せ細った人などを見たとき私は極端に戸惑う……映画でもよくあるが、美しいナチの青年将校なんかが現われると、それを憎むべきか愛すべきかスゴく迷い悩むのである。

兄が刑務所にいる間、ついにコスタは兄嫁と寝るが、ベッドから出たその脚のカッコよさ……これならどんな貞節な妻でもとても抵抗しきれないはずだと多少無理なシナリオも納得されてしまったほど……。

監督ストーレ・ポポヴはいっている。

スヴェトザール・ツヴェトコヴィッチ
ユーゴスラヴィア映画「ハッピー'49」より

「たまたま彼らが生きることになった歴史上のこの時代（一九四九）の犠牲者なのです。彼らはコインの裏表を選ぶように生の可能性の選択を迫られていた。このような政治状況下では、登場人物を単純に悪人、善人と区分けするのがほとんど不可能……」

でもついに彼はヤミのパスポートで最後には走る列車の車輪にしがみつき、西側への脱走に成功……その日がはからずも'49のハッピーニューイヤーだった。こんな反政府的ドラマが社会主義の国で作られるのはやはり私には驚きであった。だから前にユーゴに行って一か月はいたのだが、どこがいったい社会主義なのかはついに私には見えなかったのである。

アドリア海のドブロヴニク、コルキュラなんてリゾートだけ廻ったのでは、われわれよりもズッとモラルの進んだヌーディストビーチとか、あのお行儀のよかった本売りの少年とかの、とてもいいところばかりが目についてしまって……。「セツ」では来年春の風景写生旅行はユーゴでやろうと決めてしまったが、それは映画「ハッピー'49」の影響である。今度はひょっとしてどこかの街にスヴェトザール・ツヴェトコヴィッチがみつかるかもしれないなんて淡い期待がある。

セクシーさの定義。

愛の衣装

脱がされた裸体

もうはやらなくなってしまったが、ちょっと昔ストリーキングというのがあった……何年前だろう？　私はどうしてもアレを一度見たかったのに、ついに一度も出っくわさないでしまった。今でも残念でならない。

ワケもなく男がスッポンポンになり、突如として街中の雑踏を走り抜けたりするユーモアが、とてもスガスガしいと思ったわけ……さらにそこへ面白味を増幅したのは街のお巡りさんだろう。お巡りが喜劇映画みたいに素っ裸の男を追いかけ廻しても、ついぞ捕まったというのを聞かなかった。お巡りのほうも泥棒を追っかけるようにはとても本気にはなれなかったのかもしれない。でなかったらよほど足の早い抜けめのない男しかやらなかったのだろうが、その動機はいったい何なのだろうと考えるのも楽しい。有名になりたいとかお金がほしいというのならくさるほどあるが、そうではないらしいからである。

単なる露出狂？　それにしては経済的で気の効いたハプニングに見えた。あの頃パリのサンローランもこれにあやかったハプニングをやって大いに客を沸かしたことがある。いつもオートクチュールを見にいきながら、このときに限って私は居合わせなかったのだけれど。

一時彼がマスコミの一部を頑固に排除したりして、とても神経質だったときがあり、たぶんその頃のことかもしれない。まだオートクチュールが大きなホテルショーなどをしない頃だ。オープニングのサロンにはギッシリとプレスやバイヤーがたくさんつめかけ、正にショーの始まらんとする緊張がはりつめた矢先だった。

「最初に出す作品は残念ながらまだ未完成ですので、どうぞカメラマンの方たち、これだけは撮さないでください」といったアナウンス……すると突然あらぬ方からサロンのどまん中に素っ裸の男が躍り出てたちまちのうちにそこを駆け抜けてしまったのだそうだ。みんなが「アッ」といい、慌ててカメラをとり出した人もいたが誰も撮せなかったというのだ。サンローランてなんて茶目っけのある人だろうと、私はそれからはますますのファン。

しかし人間の裸体が美しいのか醜いのか？　ギリシアの昔から人間の裸は美しく理想化されてきたし、私たちもそれに馴らされ「自然は美しいもの」と信じこまされている。たしかにそんな一面もあるがホントにそうなのか？

しかしもう一面には「裸の王様」なんて話があり、人間の裸がなんと滑稽で醜いかという常識も強調されているのだから、果たしてどっちを信じてよいのか、裸体の評価は今かなりややこしいものとなっているのだ。

だから「セツ」でも裸体デッサンの勉強がほとんど毎週あって、かなり重要な授業なのだが。

大抵は男性モデルと女性モデルが別々のアトリエに分かれていて、毎回その両方を描かされるわけ……入学したばかりの生徒などにはときどき極端な拒絶反応を示すのもいる。特に若い娘などは男性モデルの性器を正面からまともには見られないらしく、後ろのほうに廻って背中ばかり描いているのだ。まあ、そのうちに馴れるまでは仕方がない……と私は放っておく。すると三度目くらいからは、さすがに背中だけでは物足りなくなって前のほうへも移動してくるようになる。しかし馴れるというのはどういうことなのだろうか？

私でさえも男性モデルの性器にはびっくりした記憶がある。それまで裸体デッサンといえば女性モデルばかり描かされてきたからでもあるが、女性モデルの裸体に馴れた目の前にいきなり男性モデルが現れると、その性器の存在は人体の中でいかにも唐突で、奇妙な異物のように見えるのであった。しかしながら何ごとも「突然」というのはいかにもコワいものなのである。男ならチンボコがあって当り前なのをそれに驚く……いったい自然がコワいとはどういう訳なのか?

「男って、女の裸に比べるとなんて妙ちきりんなものがぶら下がっているのだろう!」と、自分が男性であることも忘れてそう思ったりするのもデッサンのおかげだが、やがてその妙ちきりんが新しい主題となり、新しい興味と関心に変わっていくのもデッサンを通してなのであった。

最初男の前にぶら下がった性器のところでちょっとためらっていた鉛筆の線が、いつかスムーズに動きはじめる頃になると、それまでは見えてなかった面白い線やいい線、美しさや醜さがどっさりかくされていたのにようやく気づく。女みたいには胸にオッパイという大きなアクセントが無い男の胸の、まるで洗濯板みたいな胴も、初めは摑みどころがなくてすごく描きにくかったのが、その薄っぺらなムズカしさにむしろ新しい抵抗と魅力とが見えてくるようになるのだ。

それはいわゆる男性的なイメージとして、わざわざ作り上げられたボディビルみたいな俗っぽい造形美とは全く異次元のものだ。普段はなんらかの衣服をまとって生きている人間が、突然何かの理由でそれをはぎとられてしまったときに、そこに残ったいかにもみじめでグロテスクな実存……いわば現代のサラリーマンが背広を脱いで銭湯に入ってきたときの、あの裸はなんと痛々しいものかと思うのだが、あの病的でちょっとワイセツな情景にも新しい興味が湧いてくるのだ。

ファッションというもので全身を蔽っている、当り前の人間を裸にする……それはたとえば美しい毛があって当り前の可愛い犬や猫などを、全部カミソリで剃り上げたみたいにみじめでワイセツな裸体なのだが、……それを毎日デッサンして見ていると、それまでワイセツの中にかくされていたものが次第に見えるようになるから不思議なのだ。

特にそれが若い女性には強烈な衝撃となり、一般男性の評価が従来のものとは一変してしまうらしい。男から衣服をはぎとれば、そこにギリシア彫刻のような裸体美が出現するのではなくて、毛を剃り上げた動物のような哀れな裸が立ちふさがってしまう。

びっくりした彼女たちのデッサンはだからどんなにかグロテスクに充ちたものかというとあながちそうでもない。ちゃんとその裸の上に彼女たちの解釈が一つの衣服になってしっかりまつわりついているのを私は見る。

愛の衣装

ストリーキングには恵まれなかったのだが、それに代わるものとしては、私はちゃんとお金を払い、立派な劇場の舞台で見たのが、ロンドンの「オー・カルカッタ」だった。大きな男たちがガウンの前をはだけて、日本人の三倍は長そうなのをブランブランとわざと左右に揺さぶる……そんなラインダンスが始まったのだからもうびっくりしたりドッキリしたり。

それなのにまわりの席にはドレスアップした上品な婦人たちも座ってそれを静かに見ているのだから、私一人だけが慌てるわけにもいかなかった。やがて素っ裸の男女が次々に繰り出す芝居やらバレエなんかを見ていると、いつの間にかすっかり裸には馴れてしまう。ふと気がつくと、客席の私たちが自分の裸に妙なものを着てるのがまことに不思議……みたいに見える瞬間があった……舞台と現実とがいつの間にかすっかり入れかわってしまったらしい。

もっとも舞台の裸というものは、パリのクレージー・ホースなども同じだが、一糸まとわぬ全裸とはいいながら、実は見事に振りつけられたフォルムと美しい照明と、さらに音楽とを常に全身にまとっているのだから、これはもう立派な衣装をつけた裸なのであって、無防備に裸になったストリーキングや銭湯の裸とはそこがまるで違うのである。

だからたとえ一糸まとわないにしても、裸はどれも決して同じではない。美しく表現された裸体は、美しいファッションを着たのとなんら変りがないのだろう。ギリシア彫刻もボッティチェリのヴィーナスもそうだが、全裸になりながらちっともワイセツ感がないのは、それが既に芸術家によって表現されたものだからなのであって、ありのままの自然やありのままの裸体とはワケがちがうのである。

もともと裸体美なんていうものは、芸術家たちの創る虚構の中にしか存在しえないものなのだ。ありのままの自然があまりにも醜くて、それに絶望した芸術家たちが、自分のフィクションとして理想化した数々の女性男性の裸体像は古来いくらでもある。それだけに現実の生きた裸は必ず生々しくワイセツでなければならないが、すなわち生命力とはワイセツのことなのだろう。

しかし醜くてワイセツなありのままの自然が、時として嘘のように美しい……と思うことがあったらどうしよう？　それがすなわちわれわれの《愛》というものにちがいない。

愛という衣装をつけられたその裸体は、突如として美しく光り輝くものとなろう。別ないい方をすれば、それは愛によって表現された美しい自然といってもいい。つまり愛という虚構で作られた幻想の美だ。だから愛する人にとっては限りなく美しいものが、ちっとも愛していない赤の他人の目には、まことにみじめで醜いものでしかないのも当然なのである。こうして同じ自然が美しくも醜くもなるその愛というものは、しかしながらいかにも不確実だ。だから愛なんていうものは大いなる錯覚でしかないといえるだろう。

たとえば風景画家にとって、モチーフというものがいつもそうなのだ。昨日見たときはあんなにキレイだった同じ場所に、次の日も出かけていってみるとキレイでも何ともない……ということがしょっちゅうなのである。もちろん天候その他の加減で自然の色も構図も様変りすることはあるが、自分自身が昨日と今日ではまるで変わってしまうことだって大いにありうるのだ。

相手が風景とは限らない。人間という自然だって、昨日好きだった人が急に今日は大キライ……というのはまあ極端としても、去年まで愛してた頃はあんなにセクシーに見えた人が、キライになってしまった、今日見るとまるで嘘みたいにつまらない人……ということは、皆さんも何度かは経験ずみでしょう。愛も大いなる虚構でしかないのだから、それはいかにもはかない存在として出来るだけ大切にするしかない。

モンローウォークはセクシーか

それまでは私はセクシーなんてことをほとんどいったことはなかったのだけれど、セクシーという言葉が悪意よりも善意で使われるのを初めて聞いたのが、二〇年も前のパリだった。サンジェルマンの夜のキャーブでいつの間にか知り合った若い男友だちだった。

私が極端に細いズボンをはいてるのを彼がふとセクシーといったのである。西洋人と比べて短い脚を少しでも長く見せたくて、私は当時としては非常識なくらいに細いズボンをはいていたのだ。人並みの太さだとまるでハカマをはいてるようだと思い、短いなりにその長さを少しでも感じさせる方法としては、それを細くするしかないと考えたのであった。何もセクシーに見せようとしたわけではない。

フランス語ならセクジュエルなのをわざと彼は英語でセクシーといった。それがとても気に入ったのだが、半分はお世辞も嘲笑もまじってるのを承知で、その中にはっきりと友情を感じとった。だからセクシーという讃辞にはそれをほめるのに常に多少の危険が伴わなければならない。はっきりと単純にキレイだったり、チャーミングだったりするよりは、どこか不安気であり、一歩まちがえばそれはキレイでもチャーミングでもないのかもしれない……というような心配を押し切っているのだ。

つまりセクシーという形容は常に個別的でそこに一定の形などはないからである。誰もが同じように認めるセクシーなんてものはあり得ないのだ。たとえばマリリン・モンローがセクシーだと誰もが声をそろえていったとき、彼女はほんとにセクシーだったのだろうか？　と思う。

だいぶ古いが「ナイアガラ」という映画では彼女がお尻をぷるんぷるんとふるわして歩いた。モンロー・ウォーキングなんて言葉がそこから有名になったけれど、あれがほんとにセクシーだったかどうか？　ほんとにセクシーだったのならみんなもそれをやったはずなのに誰もやらなかった。よほどのバカは別にして……。

しかし映画や舞台ではそれはその後も一つの記号としてよく流行《はや》ったと思う。もしある女優がモンロー・ウォーキングをしたら、それがセクシーさを表しているのだと、観客が容認し合う一つの記号となったのである。

私だってモンローが舌足らずの脳天から絞り出したような声を出したり、スカートが風にめくれたりする恰好がセクシーなことだとはよく理解しているが、それなら果たしてモンローと本当にいっしょに寝たいかといわれたらハタと困ってしまう。「それとこれとは別だよ」なんてきっと逃げ出すにちがいない。つまりみんなでいっしょにセクシーといい合ってることと、ほんとに自分がセクシーと思ってることとは常に全く無関係なのであった。

古来の数えきれないほど沢山の芸術家たちは、自分のセクシーな女を絵に描き詩に唄ってきたのだけれど、そのあらゆる女の媚態にもかかわらず一度だってほんとにセクシーだったことがあるだろうか？　ヴィーナスも歌麿もルノアールもである。女が男によって抽象化され永遠化されることで、たちまちそのセクシーさを失ってしまう……とはいったいどういうことなのか？

つまり女は美化され一般化されることより、ただ「在る」がままの時こそがセクシーなのだということではないだろうか？

「在るがまま」とは一言でいうとその「存在感」のことだが、たとえばあらゆる山はただそこにじっと「在る」だけで人を挑発するように、山くらいセクシーなものはないだろう。

キレイな山も汚い山もあるけれど、そのあらゆる山がセクシーなのだ。決して富士山みたいなのだけがセクシーとは限らないわけで、富士山はキライだが箱根の山が好きという人だっている。

そこに山があるから登るように、山はじっとしてるからこそ挑発的なのである。もし山のほうから動き出すようなことがあったら、人はただ恐れ逃げ出してしまうのであって、人がもし山のようにセクシーになろうと思ったら、何よりも先に自分が自分自身でなければならない……ということだろう。決してモンローのマネなどはしないほうがいい。

モンローみたいな女は大キライだという男は決して私ばかりではないはずだ。私の知ってる仲間にもいわゆるキレイな女がキライというのがかなりいるし、ファッション雑誌から抜け出したような女にはもうウンザリというのもとても多い。しかも商売がファッションに片足つっこんでるような男が特にそうなのである。

女のほうから手招きされたとたんにナゼか闘志が失われてしまう……というのは男性共通の生理らしく、男は心のどこかであらゆる「女らしさ」の媚態を憎み拒絶しているのだと思う。

反対にむしろ男を拒絶しているような女の存在感こそが、男にとっては最高にセクシーであり挑発的というわけなのだ。だから私はサンローランの渋いタイユール（スーツ）の中などに、ふとそれを感じることがあるのだ。

恥ずかしさ、の美学

「ヌード」ってなんて気味の悪い響きだろう。

人間の裸を「ヌード」といってそれを見せ物にするショーもあるが、それくらいにヌードというものは奇妙で猥褻《わいせつ》なものだ。もしこれが少しでも猥褻でなかったとしたら、誰もお金を払って見ようとはしないだろう。もちろん私はこの猥褻が悪いといっているわけではない。人間の自然……または人間にとって必要欠くべからざるものが猥褻だというこの大いなる矛盾がテコとなり、どれだけ私たちにたくさんの美しいものや楽しいもの、つまり多くの芸術を生み出してきたか計り知れないくらいなのだから……。

猥褻とは一言で言えば「汚い」であり「気味が悪い」ものなのだけれど、人間はこの猥褻な実存から必死になって抜け出そうと努力を重ねてきた……という長い歴史を持っている。ギリシア彫刻の昔から、どんなに完璧で美しい人間の裸像が創り出されたとしても、それはあくまでも表現されたフィクション（虚構）でしかないわけで、実存の不気味さに絶望した芸術家の魂の産物でしかない。それなのに、それを見た人たちがストレートに「人間の裸体は美しい」だの「自然は完璧だ」のと言うのはまことに滑稽だろう。表現された裸体と現実とのけじめを見失ってはならない。表現された裸体といえば、昔パリで見たクレージー・ホースの裸体もそれだった。一糸まとわずでいながら照明という凝った美しい衣装をつけていて、猥褻感がまるで消しとんでしまっている。日本のストリップとはまるで違うという印象を持った。

恐ろしいのは、こうした美しいフィクションに接した人間が、いつの間にか「自然は美しい」などと錯覚して、その猥褻感を失ってしまうことだ。実存の猥褻感を失ったところからは、絶対に美は創造されないで、不毛のずうずうしさやハレンチだけが残るだろう。「猥褻がなぜ悪い？」と言った有名な映画監督がいたけれど、猥褻は決して悪いものではなくて、ただ恥ずかしいだけだと言っておこう。悪くないどころかとてもいいことなのになぜか恥ずかしい……ということが、つまり創造の根源なのである。

美しく表現された裸体は恥ずかしさをすべて包み隠してくれるが、人間の着る衣装もまた立派な裸体の表現であり、そこではどこまで裸体を包み、どこまで包まないかが常に大きなテーマになってくる。かつて、モードがスカート丈を何センチのばすか切るか？　が焦点になったこともあった。もしスカートを短くして脚を出すのが恥ずかしい……という感覚がそこになかったら、そもそもショートスカートの楽しさや美しさなどは成り立たないでしまうにちがいない。

しかしよく間違えられることの一つは、肌をたくさん露出すればそれだけたくさんエロティックかということだ。露出率の多いコレクションなどを評して、エロティックとかセクシーとか言う場合である。露出がそんなにエロティックなら、完全な露出のストリーキングやストリップが最高のエロティシズムとなるわけで、それは肌を包む衣装のエロティシズムを否定してしまうのである。

反対にエロティシズムとは、肌を包むことや隠すことで裸体に表現を与えることなのだ。南仏の夏の海岸では、たくさんの人間が肌をやくために寝ころがっている。数年前までは小さなビキニだったが、最近ではトップレスどころか全裸も多い。これに興味を示してカメラなど向けるのはほとんど日本から来た観光客のオジさんくらいで、他の人はふり向きもしない。人間の実在などちっとも美しくないからである。私は時々大きなマグロがころがっているように思うことがある。肌を小麦色に美しくやきたいという西洋人の願望はまことに切実らしく、私たちもともと小麦色の人種にはちょっと理解ができぬほどだが、全身の隅々まできれいにと、それにはパンティの跡など残さぬようにと、太陽に向かって全裸の男女がうつぶせだの、あおむけだのと苦しんでいるのを見ると、とてもかわいそうなのだ。

それは数年前の、ちょうど夏のコレクションだった。クレージュはいつもすごく健康美のマヌカンを選んで、明るくスポーティブなコレクションを見せるユニークな存在だが、その時に見せたウェディングドレスは今でも忘れられない。フランソワ・プルミエ通りの白いメゾンの何階かのフロアは、雑然としていた。プレスの案内も自由というか、丁寧さに欠け、私は勝手に壁にそって席を作った。出口のそばだった。

まるでバカンスをすませたばかりみたいなコンガリ肌のマヌカンばかりが、クレージュを着て跳びはねている。クレージュは、とかくパーティドレスというといつもまじめには考えないらしく、何か自嘲的なポーズを見せてしまうが、この日の黒いオーガンザには思わず目をみはったのである。突然、チョコレート色のマヌカンが一人静かに現われると、今まで騒々しかった観客から拍手が湧く……彼女が私の目の前まで来て、出口の私とはほとんど体が触れ合うほども近づいて去る……なんとスケスケのフーローの下には下着はおろかパンティさえもなく、肌色と全く同色のちぢれっ毛がかわいいコサージュのように見えたのだ。

それを、露出度九九パーセントの完璧な表現と私は受けとったのである。裸体の表現には、ミニマムの布を使うのもマキシマムの布を使うのも、目的はただ一つ、裸の恥ずかしさを包み、どれだけセクシーでありうるかに尽きるからだ。クレージュは最大の露出度で、裸体の恥ずかしさを完全におおい隠したのだった。

恥ずかしさというのは、ただ単に肌をどれだけたくさん出したかとか、どれだけ隠したかの分量の問題とするよりも、表現として人間一人一人のキャラクターの問題であるだろう。もしこのクレージュが白いマヌカンを使って、同じ表現が可能だったとはとても思えないからだ。

蛇足をつけ加えるならば、私は凝ったレースの下に肌色の下着をつけるやり方……あの見せたいのか見せたくないのかわからないあやふやな表現を、とても醜いと思うのである。透かすならはっきりと透かし、へそを出すならはっきり出して見せよう。それを強調する自信によってのみ、すべての露出は表現となるはずだ。自分の見せたいところと隠したいところの確信のうえでなら、露出度九九パーセントのクレージュ風も、立派なフォーマルドレスとなるのだから……。

一見セクシーにみえない痩せた人の魅力

デブとヤセとどっちがキレイか？　なんてリクツになるわけがない。せいぜいどっちが好きか？　でおしまい……私みたいにヤセ派もいればデブ派もおり、だから世の中みんな丸くおさまるわけで大いに結構。だから私はここでデブ派をやり込めてやろうなんて気はさらさらない。特に近頃はシェープアップばやりのヤセ派がぐんと優勢で、デブがすっかり落ち込んでいる。何もヤセ礼賛など今さら……というご時世だから、気負いこんで語ることなど何もないのである。

しかし私がヤセに目をつけたのはずっと昔のその昔だ。当時の日本ではヤセは非国民と扱われたその時代からなのであって、決して流行のシェープアップとは関係がない。健康で逞しい日本兵隊とならないためには、肺病スレスレの病身である必要もあったが、それを今みたいに大声で自己主張することもなかった。せいぜい心の中で健康な兵隊をせせら笑っていただけ。私は幸いにして兵隊には採られずにあの大戦をのり切った。

気がついてみると戦争が終わっていた。これも幸いなことに日本が大敗し、そのおかげでかつて見たことも聞いたこともない自由というのがやってきた。私がヤセ礼賛をおおびら切って主張し出したのはそれから以後のことであった。

富国強兵の日本にはそれに反して一方に「美人薄命」を信じる一派が連綿と続いていて、ちょうど現代のシェープアップ派みたいに、肺病になりたい娘たちや、私みたいに兵隊の役に立たない青年を夢みるデカダンスもあったのだ。夢二はそのチャンピオンだった。彼の描く女はつねに血をはく肺病やみ風だったし、彼の描く青年も全く同じでみな青白く瘦せこけていた。私は夢二の描く女よりもむしろあの弱々しい青年像に今でも憧れている……つまり私はあくまでも古風なのだ。

私と同輩でこれは本当の肺病となり兵役を免れた男を見舞に行って、離れの田舎家の薄暗がりの病床で見た、その手の指の細い白い美しさにうっとりと見惚れてしまった覚えがある。彼は終戦を見ずに死んでしまったが……。

やがてその肺病的美しさを全身で表したようなものが急に公然と日本に押し寄せてきたのにもびっくりした。つまり外国からきたファッション雑誌のモデルたちだった。私がその中で最も感動したのはヴェルシュカだ。あんなに瘦せこけた美しいモデルはもう二度と出てこないのではないかと思うし、事実その後はやはり出ていない。

ヴェルシュカの出ているファッション誌を毎号まるで恋人とでも出会うような気持で求めながら、私はいつの間にかファッションを学び、いつの間にかいっぱしのファッション通にもなっていたようである。しかし正直にいうと私はヴェルシュカの着るファッションよりはヴェルシュカの骨と皮の方を遥かに強く愛していたのだった。

あの骸骨のような顔がよかった。目が深く大きくくぼみ、頬がこけて、アゴは四角に角ばっていた……まるでそれはガイコツに薄い皮をかぶせただけの顔でしかない……しかし何とセクシーだろうと思った。このヴェルシュカが映画に出たときの感動……つまり彼女のスチールではなく、彼女が生きものとして動く様を見て、気が遠くなるほどのエクスタシーを持ったのが、ミケランジェロ・アントニオーニの「欲望」だった。

ほとんど裸体に近いコスチュームで、あの骨と皮の長い細い肉体がカメラに向かって激しく動くその美しさは、私がかつて一度もどこでも見たことのない異様さのパフォーマンス……とても人間のものではなかった。あのモデル、今どこでどうしているのだろう？　若いうちからあれだけ超年齢、超性的に痩せこけてしまっていたのだから、きっと今でも同じ形でどこかに残っているはずだ。それとも悲劇的に太ったりしてはいないだろうか？　などと心配である。

細い人の美しさというのは一口でいうと線のダイナミズムといってもいい。決してルノアールの女みたいに丸いヴォリウムの美ではなくて、線の崩れるような大げさなムーヴマン……例えばソファに座ってちょっと力を抜いただけでも崩れ方が激しく、線のムーヴマンが大きい。しかし「北の湖」みたいだったらもうどう座っても形はほとんど丸いままでどっしりと同じだろう。

ヴェルシュカの動きの美しさがダイナミックなのは、人一倍体が大きくシナってしまうからで、これは細い人特有のものだ。私がデッサンのモデルに瘦せた人ばかりを選ぶのも同じ理由からで、線の美しいムーヴマンをみつけるには瘦せたモデルに限るわけ……ちょっと腰をひねっただけでも、デブには見られない大きなムーヴマンがそこに必ず現れてくるのだ。

ムーヴマンの他にも瘦せっぽっち特有の美は、体の先端のディテールだ。指先や手首足首の関節に皮膚がさも裂けそうな薄さで、下からの骨で突っ張った時のあの鋭さ……くるぶしのとんがりやアキレス腱や手足の甲の筋っぽさにもそれらは巧みに表れている。私はそれらをいきなりセクシーと感じ、その部分と何らかの交合をする方法はないものか？　なんていつも妄想にふける……明らかな病的フェティシズムなのである。

かくし化粧

女が化粧するのをのぞくのは今でも胸が高鳴るのである。女のきょうだいがいなかったせいか、今までそれをちゃんとは見たことがない。昔のおふくろの鏡台には、いつも小さいクリームと水白粉《おしろい》と髪油の三つの瓶があって、それらはいっこうに減らなかった。

雪の夜、ふろ上がりの私の手や顔に母が初めて塗ってくれたバニシングクリーム……ヒビが切れてたからだが、何といいにおいだろうと私はうっとりした。「クラブ美身クリーム」というあの小さい白い瓶がまるで魔法の壺に見えたものだ。その魔法につられて時どき私はこっそりと壺のフタを開けたが、少し大きくなってからはも一つの水白粉の方も塗ってみる。日に焼けた黒い顔が見るみる星の王子様みたいに上品になっていくのだ。も少し白くしてみたかったが、バレそうなのでそれはいつも止めにしていた。お化粧というものが私に秘密めいているのは、それがかくし化粧だったからである。あれから何年たったろう？　今やっと男たちは少しもかくさず大っぴらに化粧するのが流行《はやり》だした、なんて、もう60年もたっているのだ。

かくし化粧が自分のいい所をより一そう際立たせる個性的行為だとすると、反対に流行のメイクというのはだれの顔も同じように見せてしまう没個性的な表現だ。ブルック・シールズ風の黒い濃い眉毛も流行だとなると、日本人はみんなが同じゲジゲジの顔になった。さすがに最近は飽きられて減ってきたようで、私はホッとしている。若者のハシカのように流行するスタイルというものは、それなりに時代を共有する快感をともなうものだから、一概には否定しないが、それをオシャレと考えるのはいかにも逆さまだ。

オシャレとは自分が酔うことではなくて、反対に人を酔わせるものだからだ。自己主張して他人と向き合うときに、みんなが同じゲジゲジ眉ではコミュニケーションは成り立たないだろう。むしろ個性的なかくし化粧こそが自己主張となり相手にアピールする。はれぼったい上瞼《まぶた》にいくら青いシャドーを塗り込めても絶対に目がくぼんでは見えないし、丸いほっぺをいくら濃茶に染め上げても細長い顔にはならないのである。それが多少でも効果的なのはカメラとか舞台の遠目の時だけ……。すぐそばでだれかと愛し合う時はまるでお化けである。だいたい私は口紅を塗った女とキスするのはゴメンなのだが、愛し合う時はお互いにシャワーを浴びて素肌になってからだ。黒い目ばりを落としたサッパリした小さい女の眼って、いつも何てセクシーだろうと思うし、あかい口紅をふきとった後の少しあおざめた……あの薄い柔らかい唇は美味《おい》しい。

でもそんなセクシーな素肌で外に出るのはまるでストリーキングみたいなものだから、ふだんは流行のメイクで自分を画一化、または社会化するわけ。でも恋人とデートの時だけはぐっとメイクを落とし、軽いオーデコロンだけにしよう。モンローがいみじくも「私のパジャマはシャネル№5」と言ったように。

こだわりファッション学。

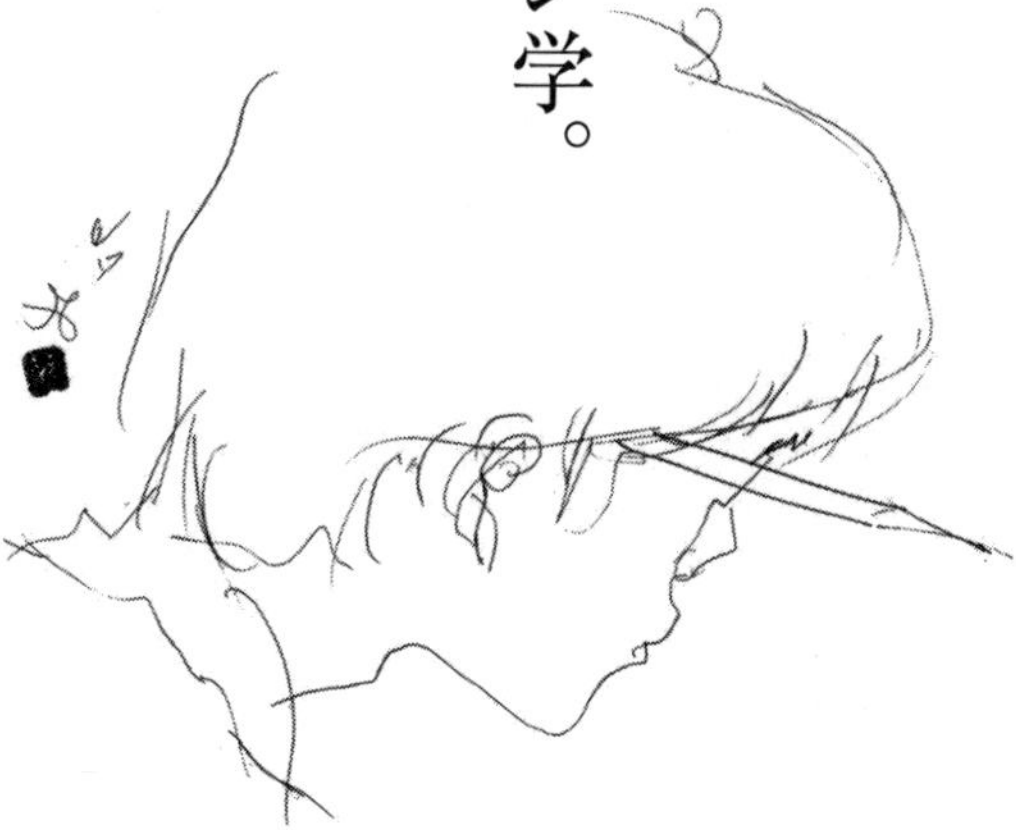

優しいヘア

街にはあらゆる洋服があり、いったい流行って何なのかが急には分からないときだが、それに反して男のヘアの流行だけは六、七年の周期で世界中を大河のようにゆっくりと流れているのが見える。それをちょっと今振り返ってみよう。

ロン・ポワン

一生に一度は外国に行ってみたい……という長い間の念願がやっとかなったのは、そんなに古い昔のことではなくて、何かついこの前のことだったような気がしてならないが、でもあれからもう三十年もたった。当時既に私は四十歳を過ぎながらいっこうにまだ大人の自覚は持てずに、まるで学生気分だったのがオカしい。そして西洋の見るもの聞くものが珍しく、色んなカルチャー・ショックを受けどおしということもあったが、それよりも何よりも言葉がウマく出来なくて、何かの時にはいつもバカな少年のように恥じらったり赤面したりしていたのでは、とても大人の気分などになれるものではなかったのだろう。

幸いに学生時代少し習わされたフランス語だって、それから二十年以上もたっていては忘れてるほうが多いのに、イザという時にはそれでもいくらか役に立った。

言葉が出来ないというのはオカシなもので私より遥かに年下の外国人たちの前でも私は常にオドオドした。それがどうしても私より目下のものとは見えないから、つい敬語を使うわけ。とても親しく tutoyer（お前呼び）で話したりする気にはなれないのであった。

あの頃のパリの学生が私にとってなぜあんなに年上に見えてしまったかというと、その一つはヒゲ面が流行ってたからではないだろうかとも思う。その頃の日本ではよほどの年寄りか、変人でもない限りヒゲなどというものはめったにお目にかかれるものではなかった。しかしよく見ると、それが流行ってるといったらちょっと間違いで、学生たちにとっては床屋代なぞより本の一冊も余計に買うこと……という苦しい真面目な現実があって、たしかにパリの床屋代は当時から高かったようだ。チップまで含めるとゆうに日本の三、四倍はとられたからだ。

決しておしゃれのためでなしに、髪もヒゲものび放題といったケチなそんな若者像を、日本のやたらに派手好みな若者と比べて私はいっそ気持よく納得した。若い白人の白い頬から茶色の無精ヒゲが出てるのは何とセクシーなことか！　とさえ思った。ヒゲでその肌がいっそう冴えて見えるからだ。もし日本人が真似したら、黄色い肌に黒い毛！　おお！　何と薄汚いイメージだろう……なんて思ったりしたのだが、今になってみると、日本人の若者もけっこうみな黒い口ヒゲがよく似合ってるので、内心すごく驚いたのだ。だから無精ヒゲが似合うなんていうのは、まだ頬の皮膚の初々しい二十歳前後の青年に限られていて、大人のヒゲは反対によく手入れされ刈り込まれたごく人工的なものでなければならないのは今も昔も変わらない。

当時私は、心秘かに若いサンローランの衿足に憧れ、その髪型をそっくり真似していたのを思い出す。クリスチャン・ディオールが突然死んで、遺言によりその後継ぎとなったまるでギリシャ神話じみた存在の若いプリンス……したがって色々マスコミにとりざたされていたのは、恐らく彼がデザイナーらしからぬ美少年だったからにちがいない。か細く背の高い美少年の姿の中から、私の真似しやすいところといえば恐らくその髪型くらいしかなかったのかもしれないが、だいたい四、五センチの長さに全体をレザーカットしたごくナチュラルなスタイル……柔らかい毛足が細い首筋に乱れているその白いうなじ……そんな少年の横顔の写真を何かのファッション雑誌の中に見つけたからだった。

私がそれをパリの床屋に頼んで、同じに仕上げてもらったその髪型を彼らは「ロン・ポワン」といった。カルダンの店のアンリ君の紹介で行ったコワフールだったが、マティニョン街の一流店……理髪師の外に私専用の女の助手までがつききりで、マニキュアやコーヒーのサービスもする。だからその一人一人に最後にはチップを出さなければならないのかと思うとコーヒーが喉につっかえた。

HAIR

スノッブなロン・ポワンなどよりも、貧乏な学生スタイルが生んだ長髪のほうが、その後の社会にマッチしてずっと勢いを得たのは、恐らく世界が大きく変わろうとしていたあの時代の反映でもあったろう。つまり長髪の貧乏スタイルはサンジェルマンの実存主義者たちからやがて、アメリカの反体制学生と花のヒッピーたちに受け継がれていったのである。

サン・マルタン劇場の「エール」……つまり英語の“HAIR《ヘア》”をフランス人はこう読んでいたのだが、これが大評判で私も二度ほど見にいったけれど、いつもリッチ・ヒッピーの美しい長髪族がわんさと劇場脇のカフェにたむろしていた。彼らの何人かは出演者たちであり、時間になるまでは観客たちといっしょに大いにカフェで遊んでいる風なのだ。

その長髪があれよあれよという間に人々をのみこんでゆき、ちっとも反体制でないブルジョワまでが見る間に「ヘア」化してしまったのだから、当時このファッションエネルギーは異常だった。つまり軍事大国のアメリカはたぶんこのエネルギーによってヴェトナムから敗退したのではなかったかと思う。

何しろ最初は体制があれほどいみ嫌った長髪を、役所から銀行家、そしてタクシーの運転手までがやっているのに出合い、私はパリへ出てくるたびにその拡がりの深さに驚いたものだ。驚くと同時に何となく心が和らいだのは、当時の長髪にはなにがしかの反戦平和と愛のしるしがあったからだ。しかし長髪のその形だけ残ってその心がすっかり風化した今、それでもなおガンコに長髪をしている人を見ると、何と古くさい化け物かと思う……ファッションとはそういうものなのだ。

私にも長髪の一時期があった。ちょうど髪に白いのがちらつき出した頃だったので、白髪ぞめをするのには短髪より長髪のほうが経済的？　という点もいくらかはあったかもしれない……。月に一度は小まめに女の美容院通いをしたものである。しかしグレイや茶色にそめ上げた毛は一見美しいのにどうしても腰が弱くなりフワフワし、ちょうどウッディ・アレン風の哀れさに見えてしまう。やはり長髪はオレにはダメなんだと悟るのにけっこう何年もかかったのだから、流行という不条理の力にはつくづくと感服せざるを得ないのである。

剃りこみ

長髪が流行の最中に、極端に短い髪の洒落者と出合ったのは、ある年のパリのサンジェルマンで、つまり夜のカフェ・ド・フロールのテラスだった。明らかにホモ族と見えた二人組のスタイルはみんなの注目を集めていた。

髪が短いだけでなく、全部が裾拡がりのベルボトムをはいてる中で、彼らだけがやたらにピチピチの細いパンタロンをはき、しかも五センチもあるハイヒールのブーツをはいていたのだから、全体にかなりしつこい印象だった。もう大抵のことには驚かなくなった私だが、それを無条件に新しいとか美しいとかは思えなかった。ただ私と全く同じヘアスタイルのホモ族が突然目の前に現われたから驚いたのである。

そういわれれば冬のオーバー姿の時に限って何度かは女に間違えられ、後ろから「マダム」と呼ばれたことがあった。別に何も女っぽいものを身につけてるわけでもないのにナゼなんだろうと思ってたのだが、それがこれでやっと分かったわけ。つまり男がすべて長髪だったあの時代に、私みたいな短髪は、ちょうど「セシル・カット」のように優美な女性の髪型でしかなかったのである。

ロン・ポワンのような自然の流れで短くカットしたスタイルに戻ったかと思う間もなく、その短さがますますエスカレートして、極限までいったのがスキン・ヘッドだし、両脇だけ剃り上げて頂を鶏のトサカのように残したモヒカン刈りも現われた。さすがにこれはパリではほとんど見かけないが、いつも貧しい若者のエネルギーに充ちたロンドンのパンクには人の考え得るあらゆる奇抜さのヘアが創造された。

何も他人には迷惑をかけずに楽しむ平和なオシャレ遊びの中でも、ヘアの持つ効果は常になぜか衣服以上であり、しかもお金がそんなにかからないのがいいのであって、私はパンクの思想に共鳴した。ただもう私の頂上の毛が足りなくて真似が出来ないだけなのだ。

髪型の表現力がどんなものかは、たとえば日本の学校が子供の長髪に向かっての抵抗にもよく現われるが、中国や東南アジアを含めて大小のファシズムの権力はみな長髪をものすごく嫌った。優しい長髪を恐らく国家建設には役立たない軟派のヒッピーと踏んでのことだろう。そういうとロングヘアは当時やっぱり見事なスタイルだったのだ。

反対の意味で私が正直「ムムッ」ときたのは若者の'50年代スタイルだった。グリースで脇を掻き上げ、前髪を突き出したあれ……。ナゼならばそんな若者たちは、ただただ喧嘩の強いバカなマッチョにしか見えなかったからで、右翼かやくざ風の角刈りなどと同類と見た。実をいうと私は昔から角刈りには憧れていた。それは私の毛が生れつきの天パーで、絶対にあれが出来なかったからだ。首筋を刈り上げ、後ろの生えぎわを青く剃りこんだ二本の線など、なんとエロっぽい男振りかと思った。更にもみ上げを斜めに短くとがらせて剃りこむのもエロッぽく特にこれは日本男子にぴったりし……。

ついこの前まで男たちがみな得意になって長いもみ上げを競ってたのは、何とムサ苦しいことだったかと思うほどだ。まるでみな清潔なサラリーマンたちとすっかり同じになってしまい、だから「俺はサラリーマンでないゾ……」といいたい時にいったいどうしたらいいか？　せめてビジネススーツの代りに、がぼがぼのイッセイかＢＩＧＩなどを着るしかないであろう。

肩パッド物語

私の肩パッド歴

私が肩パッドを使いはじめたのは戦後間もなくだからもうずいぶん長いわけ。日本へ占領軍とともに入ってきた女性ファッション……といっても主としてGIにまつわりつく特殊な日本女性なのだけれど、彼女たちの洋装がとてもカッコいいアメリカ式で、みな肩を大きくいからしていたのに私はすっかり感化されてしまったのだ。もちろん、みんながみんなそうだったわけではない。おおむねはひどく下品で安っぽいものだったが、その中に、ハッとするような女もたしかにいた。日本人はほとんどもんぺ姿のボロ着というのが相場だったのだが、いったい彼女は何者か？　何者なんて詮索をする前に、あの服をいったいどうしてどこから手に入れたのか？　と思った。

今でも目に浮かぶ一つは白いリネンのスーツなのだが、たぶん夏だったのだろう。

顔よりもその後ろ姿である……ウェーブの長い髪を垂らした左右から、極端ないかり肩が突っ張っていた。タイトなミニスカートからは、西洋人かと見まごう細い長い脚が延びて、逆三角形のシルエット……しかも白いハイヒールだった。

今思うとそれは白いビニールのパンプスでしかないのだが、私もビニールはまだ知らなくて、エナメル革と勘違いしたのだった。ビニールの白いハンドバッグもそろいで持っている。白ずくめの中で赤いマニキュアだけが宝石のように見えた。

まるで侍の裃《かみしも》みたいなその肩は、左右に広がった分だけ頭を小さく見せ、肩先が盛り上がった分だけ腕を長くしてしまう。上半身に限っていえば日本人の欠点を大いにカバーしてくれるのである。私は家に帰り、すぐに肩パッドの製作に入った。針も鋏も持ったことのない男がである。座ぶとんの古綿を針でさして、どうにか作り上げたのだから、たぶん当時は大いに暇だったにちがいない。一個ずつゴムをつけてわきの下に通し、肩に固定する。ずり落ちないよう紐をつけて左右を背中で結ぶ。結び方一つで左右の位置を広くも狭くも変えられるようにしたのは、着るものによって肩幅をアジャストするからである。

これを素肌につけたのでは汚れやすいので、下に必ず肌着をつけなければならない。どんなに暑い夏の日でもシャツ姿の下に、もう一枚のTシャツと肩パッドを外さないものだから、アロハだけの涼しそうな人が、皮肉でなしに本気でいう。「セツさんはどんな暑くても長袖……さすがにスタイリストね」なんて。実をいうと長袖でないと仕掛けが全部バレてしまうのであった。

しかし肩パッドをつければ、私のすべての問題が解決されるわけではなかった。上衣が肩で持ち上がった分だけ胴長になってしまうのは当り前で、これをどうにかしなければならない。まず上衣丈をぐっと長くしてお尻の下がったところをおおいかくすことにしたのだが、そうすれば短い脚がますます短くなってしまうのではあるまいか？という不安もある。

しかし「ふだんデッサンをやっている人間がそれくらいのデフォルマシオンができなくてどうする？」と自分を励ました。私は次にズボンを全部極端に細くしてしまう。上が大きく下の小さい逆三角形として全体をまとめるにはそうするしかない。それでどうにかこうにか脚の短さもほとんど気にならないと、これは鏡との対話だ。幸いに私の脚は短くてもちょっと細いので好都合だった。それを今頃になって、私の脚が長い……なんてほめるような慌て者がいたりするので、そんなとき私は、すべてを見透かされたうえの皮肉かと思い、かなりドキッとするのである。

ところが間もなく、そんな戦後ファッションがディオールの〝ニュールック〟で一拳に粉砕される時がきた。戦争中から続いてた勇ましいいかり肩ファッションが、エレガントで極端に小さいなで肩の女性美に急変してしまったのだ。当時は今よりもずっとたくさんのスタイル画を描いていた私も、その小さいなで肩の美が急にはうまく描けなくて、しばらくの間大いにまごついたのを覚えている。

しかし、そんなフェミニンを至上命令とするパリのオートクチュール界に、突然いかり肩が再び現われたのはいつだったろう？　当初私はすごくモダンに感じたが、次のシーズンにはポツポツと消えており、やはり一時的現象だったのか？　と思ったりした。ところが次の年にはまたパッと広がってそれがいまだに続いているのである。たぶんもう五、六年も続いたのだろうか？　さすがに今年あたりはうんざり……という感じもしたのだが。

というのは今流行のボディ・コンシャスといかり肩とはもともとなじみにくいものなのだ。大きな肩で着る従来のビッグな服ならまだしも、肩をいからせたままウエストをぎゅっとしめつけるのはいかにも下品だ。

偏執狂的いかり肩

しかし常にその上半身しか映らないテレビキャスターの、最近の肩パッドはどうだろう？　たしかに彼女たちの顔は大きくないかり肩とかなりいいバランスを保っている。もしカメラが下に移動して、そのウエストや脚などを映さない限りは、まあカッコよくキマっていて、見るほうに安心感を与えている。

このテクニックは男性キャスターの場合ならいっそうの効果を発揮するはずなのに、ナゼかいまだにその大きすぎる顔を、狭い窮屈そうな肩にのっけて平気な人が多い。見ててとても不安になってくるのだ。もともと美しいいかり肩はテーラードの男ものなのだから、男こそ遠慮なくもっと分厚い肩パッドで、その幅広な顔を安定させてほしいものだ。

最近のメンズファッションでは、裾の短いパンタ・クールが目立つ。

男のくるぶしが急にクローズアップされた。モデルがみんな西洋人だからよかったのだけれど、日本人はとてもかなわないなんて諦めずに、日本人もくるぶしのとがった人は思い切り露出したほうがいい。短い脚でくるぶしの出る短いパンツをはくのは、よほど勇気がないとできないかもしれないが、それは長い間私が実験ずみだから安心してください。脚が短い場合、少しでも長いズボンをはこうとするのは間違いで、いっそヤケクソでぐっと短いのをはく。さもさもズボンが短すぎたみたいに見せてしまうのである。それには中途半端の短さではダメで、くるぶしがまるまる出てしまうくらいの短さでないと効果は出てこないようだ。

私はほとんど背広を着ないから、シャツやセーターの下にも必ずその下に肩パッドだけはつけている。それをうかつにも忘れて、人前でセーターを脱ぎ、仕掛けをすっかり見られてしまったこともあった。夏の試写室に慌てて駆け込み、暑いのでつい一枚を脱いでしまったのだが、後席の人たちはたぶんびっくりしただろう。しかし誰も声を出しては笑わなかったので助かった。

私以上に肩パッドが大好きなアメリカの俳優がデニス・クリストファーなのだ。アメリカの俳優の中でもいちばん細っこいもやし青年だからかもしれない。少しでも肩を突っ張らせてガッチリした感じにしたかったのかとも思ったが、それが実は逆効果で、ますますか細くかわいらしいのだ。彼の主演した名作「フェイドtoブラック」では私みたいにシャツやセーターどころか、パジャマにも肩パッドをつけ、しかもズボンはつけずに、短いトランクスだけの部屋着……。しかしその細いスネがなんと長いことか！　それでベッドに寝ころがってるときも黒いソフトを決して脱がない……というのは「ストレンジャー・ザン・パラダイス」の主人公も同じだったけれど、ある男性たちの、部屋でも決して帽子をとらない症候群が面白い。

だからきっとデニス・クリストファーは自分のもやしぶりを恥じてそれをかくそう

なんてはちっとも考えていないことが明らかだ……十二分に自分の細い魅力を知りつくし、それをよりいっそう際立たせようと、あのように激しく肩パッドへ偏執しているにちがいないのだ。だから肩パッドというものは、必ずしも自分の欠点をカバーする道具ではなくて、むしろ自分の病弱さをより目立たせ主張するためにあるのだと考えたほうが正しいのかもしれない。

しかしこれをつけていて、時にちょっと困ることがある。それは心ない友達に、後ろからふと肩を叩かれたりするときで、いきなり柔らかい座ぶとんを叩いてびっくりしている友達の顔なんかは、やはり私は見たくないわけである。

そういえば先日も、あるパーティである女性が……といってもずいぶん久しぶりで会ったのだが名前も忘れてしまったような女の人なので……。私にバカチョンカメラを向けながら、いきなり私の帽子をとってしまったのだ。帽子のツバでよく目が見えないからだといって……。

「あら、ちゃんと毛があったじゃない?」

なんてシャラッといってのける、とてもずうずうしい人だったけれど、帽子や肩パッドはもはや私の人格とは不可分のものなのだから、そうやすやすと手をかけないでくれ……といいたい。

ナルシシスムかもしれないが

帽子などほとんどかぶらなかったのが、近ごろまたはやりだしている。モレシャンさんが何かで「今ごろパリで帽子などかぶって歩いたら、みんなびっくりしてふり返る……」と書いたのは、つい四、五年前のことだったろう。モードから帽子がすっかり忘れ去られて「二度と日の目を見ないのでは、と思った」と、帽子デザイナー平田暁夫さんも嘆かれたとおりである。

その帽子とはいったい何ぞや？　というと、これは九九パーセントが装飾《かざり》なのであって、実用価値や機能性などはゼロに近いと思っても間違いない。

「先生はいつもその帽子をかぶってられますが、それには何か？」などときかれれば、「ア、実は風景写生のときの絶対必需品でして、逆光などが眼鏡に乱反射するのを防ぐんですよ……」などともっともらしく、これはいつかＮＨＫのインタビューで私が答えた名セリフ……実はほとんど大嘘なのだ。それなら曇りのときも、家の中でも、夜でさえかぶってるのはどうして？　との反論があってもよさそう……大嘘は大体が見抜かれていたわけだ。

ある日、友人の別荘を訪れて奥さま手作りのディナーに招ばれたときは、さすがに私もサッと帽子をとった。するとご主人が、

「帽子はかぶっててください。ぬいじゃうと、なにかコワくて……」

「やっぱり……」と私はすかさずかぶり直したが、私は別にハゲてるわけでもないのである。このヨレヨレの野球帽が今のところ私の顔には実によくマッチしてカッコいい……と信じている。だから日よけの機能や実用を超越して夜のパーティでもお葬式にでも欠かせず……まるで婦人帽と同じ意味のアクセサリーに昇格してしまったのだ。

世間の常識やマナーを無視しても帽子にこだわるこんな男の心理分析をしてみると面白いかもしれないと思ったのは、映画でも私の好きな俳優がよくこれを演じているからだ。例えば「ストレンジャー・ザン・パラダイス」の男二人はいつもソフトを離さず、はじめて訪れた叔母の家の居間では一方の友達に「それ、ぬげよ」といさめられている。

「フェイドtoブラック」のデニス・クリストファーもそう。ベッドのパジャマ姿でさえも、そのアミダにかぶった帽子がよく似合って、なぜかとても自然だった。誰も見

てない部屋の中だから、これは装飾とさえもいえないような、なにかナルシシスムの一種だったろうか？　実は私も部屋で一人で、しかも裸のままでかぶっていることがあるのだ。

パリのマキシムに入っていったクレージュは、例のピンクの野球帽をかぶってて追い出されたという話を聞いたこともあるが、私も時々ホテルのバーでは注意を受けることがある。生きるためにはこれくらいは耐えしのばなければなるまい。

私の部屋の奥に何十という帽子が大ざるになげこまれ、そのわきの一本のパイプにはやはり何十本のいろんなマフラーやスカーフが乱雑にぶら下がっている。しかし〝エルメス〟は一本もない。ブランドが目立つのはやはり恥ずかしいという気分になるからだ。

スカーフといえば今から六十年も前、東京からやってきたイトコが、バーバリコートの衿もとから覗かせた、グリーンのシルクにオークルと赤のからくさ模様に圧倒された記憶がある。田舎の少年がそこから東京のすべてを嗅ぎとったのだった。コートのベルトをキュッと緊めつけたモダンさとも合わせて……イトコはスゴい軟派だった。私もタータンのウールマフラーなどは、中学生の制服でもよく使ったが、先生に見つかると必ずおこられたものだ。詰め衿をかくしたかったのである。絹のスカーフに憧れたが、これはさすがに詰め衿では無理だと諦めていた。

パリの冬でよく目立つのはやはり男たちの派手なマフラーの色である。東京よりもずっと寒いからかもしれないが、小さい子供も含めて防寒のマフラーが必需品らしい。一般に地味な服装の中で、マフラーの色だけがとび離れて多彩だからよく目立つのであろう。シックで地味好みのパリ人種にとって、マフラーという気軽さの中に色の解放感を求めるのかもしれないが、このマフラーの色が男たちをずっと優しく見せてくれるのは確か。

先年のギリシア映画「旅芸人の記録」で、各地をさまよう一行の中に脚本を書く詩人がいた。細身でスマートですっかり気に入ったが、もっと気に入ったのは彼がいつ何どきも絶対に外すことないパープルのロングマフラーだった。貧しい詩人の服装はチャーコールグレー一色の渋さだったにもかかわらず、首から前にぶら下げた派手なマフラーは時として足首までも届く長さで、これも実用を超越したナルシシズムだったかもしれない。

絹のスカーフとなるとカシミアのマフラーみたいには実用の言い訳が効かないだけに、ちょっと使いがたい面はある。いかにもオシャレが前面にとび出して照れ臭いだろう。でも流行となると話は別で、みんながやるからコワくない……こんなときが実験のチャンスではないだろうか？　あのめったには男の手の届かない、絹の手触りをジカに味わってみるのも悪くないだろう。首すじの一瞬ヒヤリとした柔らかなセクシーさは、君を一生とりこにしてしまうかもしれないのだ。

シンプルへの二つのアプローチ

シンプルが美しい……などといわれても、そもそもオシャレには〝着飾る〟という意味があって、とかくオシャレはシンプルとは反対の方向に傾いてしまう。派手できらびやかなオシャレは決してシンプルとはいわないのだから困ってしまう。

ふだん貧しくシンプルな生活を強いられていたら、誰もせめてお祭りの日くらいは思い切って派手ににぎやかに着飾りたい……と思うのが人情。貧しい人にとってはシンプルなんて何が美しいかと思う、それが当然だろう。だから日本でも、戦後の貧しかった時代には、シンプルが美しいなんて高級な考えは浮かばなかった。せいぜい「清く貧しく美しく」なんて、ヤセ我慢のこじつけがあったくらいなのである。

それなのに〝シンプルライフ〟のコマーシャルが現われたのは、ずっと後になってからで、「日本もぜいたくになったものだナー」と私はこの時この言葉の新鮮さにびっくりしたのを覚えている。

狭い居住の中にやたらモノが増えたり、あり余ったりして、もっと単純にサッパリした住いができないものかと、やっと気づいたことも原因の一つだ。

だから住いをもっと大きく広く……というふうになったのは最近のことで、それまではいかにして余計なものをソギ落とすか？　ということに努力や関心が払われてきた。そして何もないガランとした空間がいちばん美しい……なんてインテリアデザイナーが言ったりしたけれど、しかしいったい日本人の何人がそんな何もないインテリアをホントに実現させられただろうか？　シンプリファイというのは口でいうほど簡単ではないようである。

しかし単純化という高級な美意識は、正反対方向からの二つのアプローチがある。普通にシンプリファイというと、たくさんのムダなものをそぎ落とし、あらん限りさっぱりとしたミニマムの美しさに至ることを指すのだが、サンローランのそれはまるで違っていた。

結果からいうと、サンローランの服はシンプルである。しかしそのシンプルな一つのスタイルの中にはいったい何種類の雑多な色数がつかわれていることか？　私はふとそれに気づいて、ショーの舞台でマヌカンが通り過ぎる間に数えてみたことがある。

上のほうから帽子、衿、チョーカー、スカーフ、ベルト、手袋、スカート、ストッキング、靴、その他のたくさんの色数が十以上……あまりにも多いので実は数えきれなかったのである。しかし驚いたことにはそれらがなんと、ちっともうるさくないばかりか、あれだけの色数がちゃんと一つにまとまってシンプルに見えるではないか！だからシンプリファイには〝そぎ落とす〟とは反対に、たくさんのものを使いながらそれらを一つに〝まとめ〟てしまうという方法もあったのである。つまり構成力……サンローランが色づかいの天才といわれるゆえんだろう。

これとは反対の位置に、ミニマリスムというダイレクトにシンプルな美を見せたのが、私にとってはカルヴィン・クライン。私はニューヨークまで行って見たわけではないので詳しくは知らないが、四、五年前のハナヱ・モリ・ビル……世界の五大デザイナーのショーで初めて見たのだが、その余りのシンプルさは一種のカルチャーショックだった。

何の変哲もない生なりの半袖ブラウス（まるでホンコン・シャツ風）と、ほっそりとタイトな黒のプリーツスカートはミディ丈。黒いカプリーヌ（広い縁《ブリム》の帽子）と黒いパンプスのバランスが、白人の皮膚をなんと輝かしく見せたことか。比べられたほかのデザイナーはまるで顔色なしのていで、パリのモンタナなどは、そのこびたデザインがまるで下品な街の娼婦かレビューガールにしか見えなかったほどだ。わざとくさい変てこな帽子やら、これみよがしの紫のドレスやら……私は、心の中で笑ってしまったほど。

しかし街中に女が皆こんなシンプルな服で出てきたら、看護婦さんか修道女の団体とまちがえるかもしれない。やっぱりそこにはモンタナ風なのもいろいろあって、それでカルヴィン・クライン風なのがいちばんトクをする……というのが順当であろう。時にはお祭り風にキッチュではしゃいだオシャレを楽しみ、だからこそ次の日には静かでシンプルな気取りもいっそう知的……という精神の自由さがいちばん自然なのかもしれない。

ちょっと苦い話。

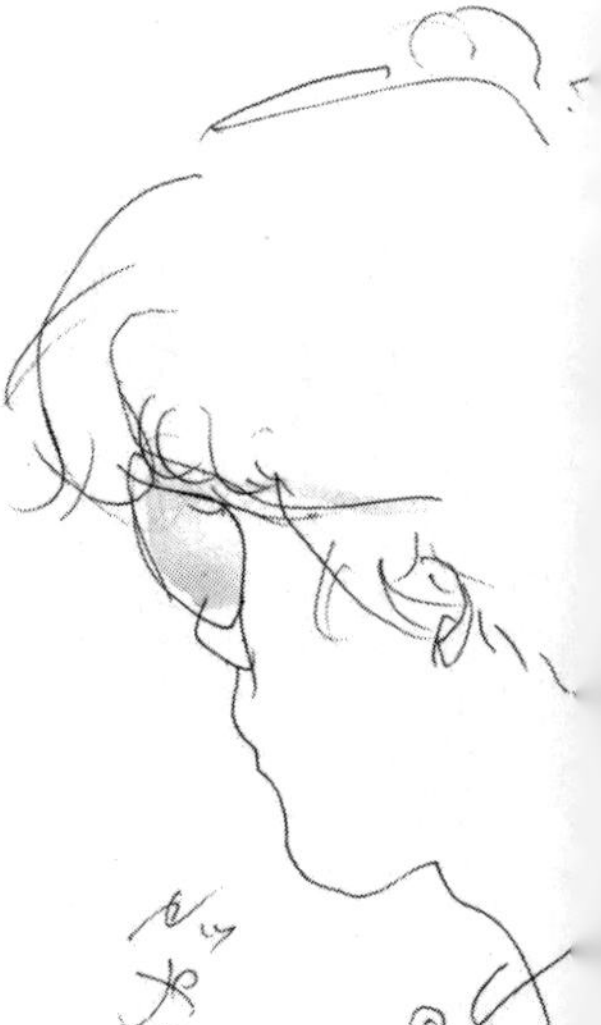

ケチが美しい

その静けさ

ケチといわれて喜ぶ人はまず少ないだろうが、私もようやく近頃はそれを素直に受けとめて喜んだり、軽く聞き流せるようになってきた。たぶん年とともに人格がねれてきたのかもしれない。

たしかにケチという言葉は聞き苦しいのだけれど、そのケチには何となく美しいものがかくされているように昔から思えてならなかった。でなかったら、この見栄っぱりの私がケチであるはずがないのだから……。

私の子供の頃は決してケチではなかったと思う。それどころか人に「モノ」を上げて喜ばれるのが大好きだったのだ。一人っ子育ちということもあったろうが、街の男ばかりの小学校に入って、急にたくさんの友達がいるのにびっくりし、胸が躍ったのが忘れられない。少しでも彼らの関心を私のほうにひきつけるには、何か「モノ」を上げるのがいちばん手っとり早いと考えたらしいのだ。何という不純な子供心か！

金持ちの息子でもないのに、それでもいろいろと工面しては人に上げるモノを用意し、時には黙って家から持ち出したものが発覚して親にオコられたり……、でもモノを貰って喜ばなかったり、受け取らなかったりした人はほとんどなかったし、それで私がみんなにモテたのはまぎれもない事実なのだから、私のやってることが不純な行為だとは当時はちっとも気づかないでいた。

ところがである。次第に分かってきたのは、中に僅かだが私からモノを貰ってもさほど喜びを表わさない人間もいる……ということだ。私のやり方がかなり手馴れて上手だったから一応その彼も受け取りはした。しかしその割には私に冷たい。そんな人にはなかなか近寄りがたく私にはニガテの相手だった。いつまでも彼は私に何も返してはこなかったし、だから私はケチでないのに彼はケチなのだと単純に思った。しかしケチの彼がケチでない私よりも悠々として立派に見えはじめるまでにはかなりの時間があったのである。

今考えてみれば単純なことだった。彼はもともと何もモノなど欲しがらない、造り酒屋の大金持の息子だったのだ。ひ弱で美しくいつもおっとりしてて成績もよかった。

私がつけ入るスキはどこにもなかったのだ。私はやがて彼に憧れて彼のようになりたいと思ったが、それには今までのやり方ではダメで、彼みたいに冷たいケチにならなければならないと、それは私にとって百八十度の大転換だったのである。

そうなると急に私はどうしていいか分からなくなった。まるで「アナザー・カントリー」のように、生まれて初めて彼にラブレターを出したものだ。その時の私の綴り方がよほど上手だったのかもしれないが、彼は素直に反応してきて、彼の家に私が招待されたのを覚えている。

これは単純なことのようだが、結果はよかった。私の情熱がようやく彼にも伝わったとしか思いようがない。モノでは決して伝わらなかったということが……。しかし中学に入って間もなく彼は肺結核で死んだ。それまでのごく短い時間ではあったが私のいちばん親しい友達であったのだから、私は一ヶ月くらい嘆き悲しみ、やがて忘れていく。

ところが私の求める友人のタイプはその後もずーっと彼がその性格をほとんど決めてしまった、といえなくもない。まず見かけは肺病的に弱々しく上品……決して人前に出しゃばってモノを上げたり、目立つようなことはしないのに、どことなく底光りするような静かな美しさをたたえてること……つまりそれは私とは正反対の人柄だったのだ。

思い出すとそれはもう私も中学二年生だったのだから、私は少なくともその頃まではケチではなかったわけ……それ以後は大いにケチとなったつもりなのに、しかしやはり好きな人や興味ある人が目の前に現われると、今でも何かモノをプレゼントして、相手の関心をよぼうなどというやましい下心があやしく動く……私からゲスの心が完全にふっ切れてるわけでないと告白しなければなるまい。

だからそんなとき、まるで自分を戒めるように「セツ」の生徒に向かってプレゼントという行為の醜さについて大いに語ったりもするのだ。それはたぶんクリスマスとかバレンタインとか、年末年始のときだったりするが、「セツ先生は一切のプレゼントを拒否する」とつけ加えておく。

田舎の手みやげも、外国旅行のおみやげも、ましてや誕生日のプレゼント……数えきれない私の年齢を急に蘇らせる惨酷な花束などはもってのほかと……。

その清潔さ

カンヌに住んでる友人には小学生の息子が二人いて、ある日兄弟どうしが食後にお互いをつきとばしながら「いいって、いいって」とじゃれ合っていた。私が日本食を

招ばれていった晩にである。「ウルサイな、お前たちそこで何やってるの?」と親父が注意すると、彼らは父に向かって、

「でも日本人が来たとき食後になるとみんなでいつもこう、〈いいって、いいって〉というゲームをやるんじゃなかったの!?」と答えたわけ。

われわれは初めなんのことか分からなかったが、突然親父のほうが笑い出してしまった。

「ああ分かったよ。それはレストランに行ったときだけだよ……家で食事したときはそんなことするわけないだろう。つまり、最後の勘定を払う段になると日本人はみなわれ先に金を払おうとして、人の手を払いのけるように『いいって、いいって』とやり合うんだよネ」

と、後半のほうは私に説明するようにいった。

そういえば私もそれは何度かやった覚えがある。つい先日もある外人にそれをやってすっかり嫌われてしまったところなのだ。外人にしては珍しく細身のカメラマンで、オートクチュールのショーで彼だけはそのスマートさが目立っていた。それが偶然のように知り合って、一度は私のデッサンのモデルにもなってくれたことがあり、思いがけないパリでの再会を祝したかったのだが最後がいけなかった。嬉しくなって食事に誘ったのだが最後がいけ

なかった。嬉しさの余りとはいえ、彼の「ワリカン」というセリフを無視して私がすっかりオゴってしまったのである。彼がダッチカウントの本場オランダ生まれであることもすっかり忘れて……。急に彼はキゲンが悪くなり、二度と私にランデブーの電話はかかってこなくなってしまったのだった。

特にパリでは一人でレストランに入ってもロクな扱いを受けないので、必ず二人以上の友人を誘い合わせてゆくのが常識となっている。そんなところでは毎晩の食事の相手をみつけるのが大変で、いちいち電話をして誰かと約束をとりつけなければならないのだ。もし日本人の習慣で、誘ったほうがオゴるということになれば、うっかり人も誘えなくなってしまうわけだから、たとえ誘われてもそれを承諾する以上はお互いにワリカンで……というのが鉄則なのであった。パリに長くいるとそれもいつの間にか身につくが、日本から来たばかりのときはついオゴりぐせがついて「いいって、いいって」をやってしまう。その上にオゴった相手から決して快くは思われないのだ。しかももう二度とその人から会食の誘いはかかってこないはずだ。だってそうでしょう。そんなに強引に人の分までも払ってしまう人に向かってはよほど自分を卑しくしなければどうして再三誘いの電話などかけられますか？

しかしそれが日本では事情が一変してしまう。ナゼだろうと考えてみると、その原因の一つに街のサラリーマンたちが自分の腹の痛まない社用費とか交際費というのでゴチソーする悪習慣が、一般社会人にまで流れてきたとも考えられる。私などもセツの校長として大幅のそれがあるから、時に人にオゴりたいときはわざわざ前もってことわり、「今日は交際費でオゴるよ」といっておく。

しかしよく考えると、それもよくないナ……いつの間にかつき合いの本当の喜びを崩していく。オゴられてる人の身になって考えれば、彼らが私を誘い出す機会を一方的に奪ってしまうからだ。個人主義が未成熟で、親方日の丸思想にいつの間にかどっぷりつかっていると、男どうしの友情は決して芽生えないのである。

とにかく日本には、よく人にオゴるのが生きがいみたいに、お金の払い方がすごく上手というか、スマートというか、まるで魔法使いみたいな人までどっさりいる。私などワリカンのつもりで落ち着いて食べて、やがて帰ろうとボーイに「いくら」ときく。すると「もう済んでおります」なんていわれることが度々なのだ。いったいいつ誰がどこで払ってしまったのだろうか？　まだ食べ終わらないでいる人もいるというのに……。そのあげく一部の人のかげ口で「セツさんはガマ口の出し方がいつもとっても遅いのよ！」なんていうのさえも聞こえてくるのだ。だってガマ口というのは食事が全部済んでから出すのが普通なのに。

しかし私の本当に親しい人たちはそろいもそろって皆そんな出したがり屋ではない。しゃしゃりでて金を払うようなブザマなことを憎み、まるでいつも渋々出すようにして自分の分だけをラストにきちんと払う。だからオゴるといわれておいそれとつき合うようなこともなく、みんなとの会食でも常に目立たない。時にはいるかいないか分からないくらいの静けさで、決して他人の邪魔をしない慎み深さ……それよりも光ってるのは欲ばらずに最低限に自分を守ってるケチ特有の清潔感が何ともスガスガしいのだ。ナゼか痩せぎすの人に多い。ネアカの太った人はきっと会社ではやりてなのだろうが、その魔法的な気配りが余りにもぬけめなく、とてもつき合い切れないと思ってしまうのだ。

音楽づけはイヤ

音楽よりも雑音

原稿の合間にテレビを入れてみる。機械がポンコツなので絵はなかなか出たがらない。すると暗い画面から急に音楽だけがとび出すのだ。ほとんどの場合にそう。無意識に人の話し声が欲しかった私は、反射的にテレビを消してしまうのだが……。世の中がすっかり音楽だらけとなり、うっかりテレビにも触れられないと諦める。いつ何どき音楽が出てくるか分かりはしない……という恐怖感はたえず私につきまとっている。ちょっとした音楽アレルギーだ。だからウッディ・アレンの映画「インテリア」が、珍しく伴奏音楽を使わなかったことで、どれだけ深く私の心に沁み入ったことか！それなのに、まだ映画の絵も映らないうちから、字幕といっしょにテーマ音楽が鳴り出したりすると、私はちょうどポンコツテレビと同じ連想に襲われてしまう。「ああダメだ。この映画はどうせ俺のテレビ並みだ」と、見ないうちから評価をなげ出してしまうのである。

私が音楽嫌いになったのは特に戦後のことだ。昔は好きだった。好きといっても本当に音楽を愛していたわけではないのかもしれないが……ただ小学唱歌がやたらに上手で、千五百人もの男子小学校の中で、私だけがいつもダントツ……毎年の学芸会で必ずソロを歌わされて、それが、なんとも得意だった。

時には女学校の音楽祭でゲストに招ばれたりした。私よりも嬉しそうだったのは伴奏の先生のほうで、ふだんより一段とめかしこんで私を連れていってくれた。だから稽古も大変で毎日一人だけ放課後も残される……するとシット深いガキが数人で必ず待ちぶせしていた。私がやっと校門を出たところで摑まえ、

「オメエ、今まで○○先生と○やってたんだべえ！」

とつめよるのだった。私はこれが何よりもつらい……だから日本中で今はやってる「イジメ」の気持ちがとてもよく分かるのである。鶴ヶ城の深い堀のふちを通るときなんか、いっそ一思いに身投げして、あの憎らしいガキどもに仕返ししてやろう、なんて何度思ったかしれはしない。でも崖が余りにも高く、コワくてついにやらなかったのだけれど。

だから中学に入ってから授業に音楽がなくなったときくらいホッとしたことはなかった。私と音楽との関係はそれ以来ぷっつり切れてしまったといってよい。まだラジオもなかった頃だったから、どこへ行っても耳に音楽が入ってくるということはなかったのだ。たしかに家に蓄音機はあったけれど、音楽らしい「種板」はなかったし、子供が触ってはいけない機械だったのだ。だから今でもレコードのことをつい、「タネイタの裏」のほうだの「表」のほうなんていって友達を面喰らわせることがある。

音楽を聞くのは嫌いでも、表通りから聞こえる音は大好きだった。時にラッパを吹いてくる飴売り。アイスクリーム屋の自転車の音。「吹き豆」屋の鈴の音……そしてタマには農村にも自動車がやって来たりした。そんなときは私だけでなしに村中の大人までが外へとび出した。自動車の爆音と排気ガスの臭いをたっぷりとかいで、みんなながさも満足げにまた家の中へ引っ込むのだった。

いまだに自動車の走る音がそんなに嫌いではないらしく、むしろ自動車の音も聞こえないような、完全遮音の部屋などは欲しいとも思わない。だからパリの私のホテルがいつも大通りに面しているのを気にしたある友人は、

「あのホテル、車の音うるさくないの？」なんてきく。でも私はいつも表通りに面したほうの部屋をこちらから望んで使っているのだ。夜、電灯を消し、カーテンをしめ

てベッドに入ると、枕もとまで響いてくるかすかな車の音やセーヌを行く遊覧船の音を聞いて眠りにつく。

そして朝、窓をあけて通りを見下ろすと、もう車も船も走っていて嬉しい。死んだように静かすぎるというのは私の趣味ではない。

でも私には自動車を運転する趣味がない。自動車は自分のものではなくて、外の楽しい生きた風景にすぎない。カフェ・フロールのテラスで何か飲みながら、サンジェルマン大通りを走る無数の車とその騒音を聞く。……パリに初めて来た私の友人も驚いて、

「パリも車がこんなになかった頃ならどんなによかったろうネ」

と嘆く。私も一応はそれに賛成なのだが、さほど車を気にしてなかった自分に気づき、ちょっとびっくりする。心の中で「でも賑やかで少しはいいじゃないの？」なんて。だから平気で毎日このテラスに腰を下ろし、目の前を通る無数の車や人たちの雑音に浸りながら、けっこういい気分らしい。

音楽の代りに……

車のうるさいパリのカフェテラスがなぜこんなに心休まるのだろうと思ったら、そ

れは音楽というものが全くないからだった。日本のカフェとはそこがいちばん違っているのだ。そういえばパリに来てもう一ヶ月以上、音楽に類するものがほとんど私の耳には入っていなかった。

毎晩出かけるレストランも日本のようには絶対にBGMをやらないし、サンローランがインター・コンチネンタルの大ホールで見せたファッションショーでも音楽を使わなかった。二百点以上もの服が音楽もなしで、何時間もの間次から次へ出てくるだけ。そんなファッションショーは日本人ならどんなに退屈かと思うかもしれないが、音楽なしで見る服の美しさというものがどんなに強いかということは、これを経験した人でないと分からない。もっともこれはサンローランくらいにいい服を作れる人だけが持つ強さなのかもしれないが。

音楽と照明と振りと、まるでミュージカル仕立てにでもしないと、一時間のショーがもたないようなファッションショーなんか本当のファッションショーとはいえないと前から思っていたのだけれど、日本では凝った演出がますますエスカレートする傾向にある。

昔のパリのショーは音楽も照明さえもなく、その上、店の挨拶もナレーションすらもはぶく。ふと気がつくと目の前をきぬずれの音がして「おや始まった」と気づいたくらい。マヌカンが手に番号札を持って現われるのはバイヤーに気に入った服の番号を覚えさせるためで、あくまでもくどくどした説明など余計な雑音を避けてのものだった。だからサロンのムードは、専ら客たちの反応がかもし出す人間の雑音のみ……すなわち新しい服への驚き、感嘆のうめき声が波のように、ときには嵐のような拍手。ところが日本では音楽がやかましくて、拍手など消しとんでしまう有様……拍手などする気がしない。

しかしパリでは観客のダイレクトな反応はすさまじく、退屈なショーだと遠慮せずに席を立って帰ってしまうのだ。ちょっとこれは気の弱いわれわれ日本人には出来ない。今こんな昔流のショーを頑固にする人はパリでももはやマダム・グレくらいしかいなくなってしまった。とにかくパリのオートクチュールといえば私などまずマヌカンの風のような歩き方ときぬずれの音とを思い出すが、それらはいかにも拡声器の音楽とは両立しにくい。プレタポルテのショーで、もしきぬずれの音なんていったらぶっとばされるかもしれないのだ。

服には服の音、街には街の音、山には山の音、海には海の音がある。それらを今では音楽たちが打ち消してしまっている。山に行っても海に行っても、おみやげ屋の拡声器が音楽を四方八方に撒き散らして風の音や波の音を掻き消す。海山に限らず、果てしない砂漠ででも音楽が入るのはテレビや映画では当り前になっていて、もう誰もがそれを不思議がりはしないらしい。私でさえシルクロードに行けば、砂嵐よりも必ずあの奇妙な電子音楽がきっと空から降ってくるものと、いつの間にか信じ切っているのだ。

私が身近なところで異星人と最初に出会ったのは「セツ」であった。新入生の中に〝ウォークマン〟をつけたままデッサンを始めた男の子がいたからだ。そのきつい無表情に恐れをなし、恐怖のあまり私はヒットラーのように怒鳴った。「ウォークマンをつけて『セツ』には来てはいけないッ」と。

私は彼らの脳ミソがまるで音楽づけのようになってしまったら、とても絵など描く気にはなれないだろうと思ったし、その人を人とも思わぬような目つきで人前に出てくる厚かましさにもガマンがならなかったのである。新入生の中にはこんなのもいた。「せっかく『セツ』のロビーや庭がステキなのだから、せめて気のきいたＢＧＭくらいはあったほうが……」なんて野暮なことをいう田舎出身者……。

「今、東京であっちこっちから四六時中とても避け切れないくらいの音楽……お前はそれでも足りないというのかね。せめて『セツ』に来たときくらいは音楽から救われてホッとした……とは思わないの？」

もっともこういうのはめったにいなくて、三年に一人くらいの割。

あえて音楽を聞こうという生活とは無縁のはずが、それでも必要以上にあらゆるところから音楽が攻めてくる日本……つい街が嫌いになって、夜など家にいるのがいちばんと、まるで老人の生活になってしまった。だから安心して夜の街へ出かけるのは、年に何度かヨーロッパへ出かけたときだけ……と、なんとも半端な人生である。

先日は久しぶりで歌舞伎町へ映画を見に行き、通りのあの狂おしい音に改めて敬服した。想像を絶する世界一メチャクチャな景観であった。誰かが国辱ものといったけれど、世界一というのはやはり自慢かもしれない。馴れれば音が聞こえなくなるのか、耳が悪くなってしまうのか、まるで何も聞こえないみたいに平気な顔で、喫茶店にもそば屋にも人々が入っていく。

しかし私は逃げるようにして通り過ぎた。カラオケバーと街の拡声器を取り締まる法律でも出来ないかぎり、私のいるところはもう日本にはなくなってしまったのだ……どこか静かなところへ入って友達といっしょにゆっくりと見てきた映画の話でもしたかったのに。

ところで私の場合、自分の人生から出来るだけ音楽を拒否したそのプラスとマイナス……それでどれだけ他のことがたくさん愉しめたかは分からない。人生には、やはり何らかの抑制が必要だったのだ。

醜い花

花を摘む少女は美しいか？

前に音楽の悪口をいったついでに、今度は「花」にも八つ当たりしてみよう。音楽みたいに無条件に美しいものと決めてかかっていると、それを扱う人間たちが、時としてひどく醜いことを平気でしてるのを……。

その典型の一つが「花を摘む少女」……われわれはいつからか名画やスクリーンなどで、美しい少女が野の花を摘む甘いイメージを持つ……そんな名画やスクリーンにふと陶酔してしまうのは仕方がないとして、そっくりそれをマネする人がいるのに困惑する。まるで自分が絵の中の美しい少女にでもなったつもりなのか……けっこう男にもいるよ。

四、五年前のことだ。「セツ」の生徒たちといっしょに四月のアテネを訪ねたことがあった。ギリシアの辺は地中海気候というのか、夏が乾季で雨が無く、一木一草が冬のように枯れ果てる……反対に冬ともなれば急に雨が多くなり、枯野は一斉に緑化するのだ。三、四月は美しい野の花がじゅうたんのように広がってまるで夢のようになる。

パルテノン神殿の前の丘には真紅な雛罌粟《ひなげし》が咲き乱れていた。赤いコクリコの草むらにうずくまって遠くのパルテノンを見たのは初めてで、私はその異様な構図に酔っていた。ふと見ると「セツ」の女の子がせっせと罌粟の花を摘んでいるではないか……私はびっくりして叫ぶ。

「コラッ、お前いったい何をしてるんだ!」と。

「ええ、あまりキレイだから摘んでるんです」とその子。

「摘んでどうするんだ?」と私。

「……」黙ったまま。

「まさかお前、東京へおみやげでも? これから三週間どうやってもたせる気?」とイヤミ。

「そういうわけでは……」と口ごもる。

「じゃいったい何のためだよ?」としつこい。

「ただキレイだったからつい……」

「じゃもっと悪いや。せっかくキレイに咲いてるのを摘んじゃったら、後で見る人はどうでもいいの？」

「でもこんなにたくさん咲いてるんだもの、私一人くらい摘んでもさほどは……」

「ダメッ……日本人は皆マネするんだから……」

　彼女は私に叱られると、はじめはほとんどポカンとしてたようだが、すぐに怒られた意味を理解したらしく、やっと「スミマセン」といった。彼女は自分のしてることがとても女らしい優美な行為だと信じていたようなフシがある。まるで外国映画の主人公のようだと思ったにちがいない……初めての海外旅行でもあったし。余りにも美しい花を見た感動を、自分なりに表現したかった……その結果が「花を摘む少女」という野蛮な行為になったとしか思えないが、ふだんはとても上品な人柄の子だったのである。

「持って帰ったら押し花にします」と彼女はつけ加える。

「押し花？　ああ、花のミイラのことかね……君がまさかミイラ趣味だったとは知らなかった。でも摘んでしまったんだから仕方がない。せめてオレに怒られた記念にミイラにでもするしかないネ。後でその辺に捨てちゃったら承知しないから……。これから先、キレイなら絵に描くのはいいけど、もう絶対に摘んだり折ったりしたら日本に追い帰すよ……」

「じゃせめてその前にホテルのコップにでも挿して飾りましょうか」

「僕はその根性が何よりもキライでね。キレイなものがあると、すぐ自分だけのものにしたがる独占思想みたいのがサ。ここに咲いてたら、ここへ来た人がみんなで楽しめるのに、それを自分だけで楽しもうなんて、なんてケチな根性なんだよ」

「だから先生は今まで結婚もできなかったんでしょ？」

「そのとおりさ。そこまで分かったらもういい……こんな悪いこと、絶対にもうしないねッ？」

その後で彼女はその花をどう処分したか？　そこまでしつこく追及はしなかったけれど、私の想像ではたぶん押し花にする意力も失って、そっとゴミ箱へ入れてしまったにちがいない。

それが正解だろう。もしホテルの部屋にまで持ち帰ってほんとにトイレのコップなどに挿したりしたのではないかと、むしろ私はそれをおそれたのだ。花をどんなに愛しても、花の愛し方がまるで狂ってるとしかいいようがないこんな事実に、最近はしばしば出っくわすのである。

花がかわいそう

　やたらにものを人に贈るのも下品だが花ならばいいだろうとそのスケープゴートにされている現状はどうだろう？　人は果たして花を贈られるのがそんなに嬉しいのだろうか？　贈られた人は一様にみなさも嬉しそうに、花束をかかえこみ、顔を埋めてみたり、匂いをかぐようなゼスチュアをするのだけど、あれもどうやらインチキのゼスチュアではないだろうか？

　そのクライマックスが日本のファッションショーであろう。近頃のファッションショーに出かけて最初に驚くのが、その入り口に並べられたおびただしい量の活け花たち……不粋な贈り主の木札が花に負けじと真ん中に突き立てられ、その周りに無数の切り花がひれ伏している有様……異様である。センチメンタルないい方をすれば花たちがかわいそうであった。

　やっとファッションショーが終わると、この狂宴は更に深刻だ。客席のどこからともなく現われる大きな花束が次つぎと舞台に現われたデザイナーへ手渡される。一人ではかかえきれないほどたくさんの花束だから、モデルからモデルへと渡ってゆき、もて余した一人はついに花を客のほうへなげ返すのだ。まるで花合戦……というととてもしゃれて聞こえるが、ヒステリー合戦とでもいっておこうか？　花がこれくらい粗末に扱われると、センチでなくともやはり花がかわいそうでならない。

花は人に似合わない

美しい花束に自分の顔を埋めたら、その顔はどれほど不気味でグロテスクなものかが、鏡に映してみるとよく分かる。人間の顔なんて花のようにキレイだったためしは一度もないし、もともと花束なぞには絶対になじまない存在なのである。それなのにやたら花園に立って写真をとりたがったり、花を摘んでは髪にさしたりする人が後を絶たない。まるで絵のように、美しい花を一輪髪にさしたら、いっそうその人が美人になった……なんていうタメシはないし、胸にさしたカーネーションでいっそうダンディになった男というのも、現実には一度も見たことがない。花は美しいのだから、美しいものをつければ必ず自分も美しくなると考えるような短絡思考はいかにもバカげている。

もしそれが本当なら、人間の服は花模様に限ることになるだろう。だいたい私は花模様に限らずプリントの服がキライなのである。いくら花を愛するからといって、家中を花だらけにしたり、壁紙やベッドカバーにまで花を散らし、あげくの果ては電話機や便器にも花のアップリケをあしらったりする人、この人たちはほんとに花のキレイさを知ってるのかしら？　と疑わざるを得ない。花は電話や便器や、更に炊飯器や電気ポットや、冷蔵庫のドアの上にあるよりも、又は女のドレスの中にあるよりも、もっと当り前に地面の上に咲いてるのがいちばん美しいのだ。

趣味の問題だからそこまではいいたくはないが、私はあのワザトらしい床の間の活け花でさえあまり美しいとは思わないのだ。テーブルの一輪挿しや盛り花も果たしてキレイなのだろうか？　花だけを眺めればどれも色はキレイだし面白い形のものだ。しかしそれがその部屋を美しくしてるのかと考えると、必ずしもそうではない。

私も時にはもらった花を部屋に活ける。かわいそうで少しでも長く枯らさないようにと気をつかい、毎日水を替え、まるで新しい子供でもできたような気のくばりようだ。たしかに子供に似て世話してるうちには情も移る。時として慰めにもなるがいつかは死ぬ。死んでしまってからは捨てざるを得ない……しかし花を捨て、何もなくなったガランとしたテーブルの上の、なんと清々しくさっぱりとした眺めだろうと思う。やはり自由が一番……花なんかいらない。

お棺の花

人間の悪趣味もここに極まれり……と思ったのが、先日私の恩師のお葬式に行った時……先生の死体がお棺の中に安置され、顔の周りを美しく花で飾ったという。「見ませんか?」といわれたが固辞した。美しい花と恐ろしい死に顔との組合せは想像しただけでも気味が悪かったからだ。生きた花と人間の死んだ顔……どう考えてもこれがマッチするわけがない。私が死んだ時これだけは絶対にしてもらいたくないナと思った。

デスマスクを花で埋めるというアイディアはいったい誰が初めに考えたのだろう?……シャガールの絵なんか、ほとんどがそんなみたいなのばかりである。それらはファンタスティックでさえあるが、それはあくまでもアートであり絵空事だということだけはわきまえなければならない。私だってもし恋人の死に顔を描いたら周りを花で飾るくらいのことをしかねないが、そこではあくまでも描かれた花であり、描かれた顔なのであって、それと自然や現実は違うという風に考えなければならない。いくら誰かが自然又は現実が芸術を模倣するといったとしても、下手にやったらまことに恐ろしい結果を招くということはキモに銘じていてほしい。

'86年春夏のファッションショーでも、せっかく美しくまとまった服のデザインを、頭上に大げさな造花をのっけたりして、バランスを崩したのが多かった。もし頭にかぶるなら自然の花よりも造花のほうがずっとステキだが、それさえ大げさ過ぎると年に一度のお祭り衣装みたいで、日常性が失われる。衣服から日常性を失ったら、それはもはやファッションではないだろう。

美しければいい……という考えはアートなら正しくても、人間はいつもアートでいるわけではないのである。

男のホテル

熱海ホテル

そういえば私は日本の国内旅行をほとんどしていない。それで口の悪い友達からは「ろくすっぽ日本のことも知らないで、フランスにばかり出かけてるパリ馬鹿……」なんていわれ、二の句がつげなかった。しかし私の国内旅行を阻んでるいくつかの理由をあげてみる気になったのだが、その最大理由としては、出先で利用する日本旅館……というのがある。

というのは日本旅館の何が気に喰わないのか？

最初の抵抗はやはりあのスリッパ。靴を入り口でぬがされ、たぶん水虫菌がいるだろうスリッパにはきかえさせられる。もちろんそうと知ってたら、あらかじめ自分専用のを近くの雑貨屋で買ってくれればいい。しかし外観がホテル風洋館でしかもちゃんとホテルを名乗りながら、中身は日本旅館というのがほとんど通り相場なのだ。「しまった！」と思ってももう遅い。覚悟を決めてその旅館に入っていくことになるのだが、後で番頭さんに訊くと、「そんな洋式のホテルなんて、ここには一軒もありませんよ」とのこと。それが関東一のリゾート熱海市でのこと……つい友人に誘われて今年の春休み、久しぶりに出かけてしまった。二日間だからどうにかガマンしたが、とてもあんなところに一週間以上の休暇などはとれそうもない。

しかし熱海といえば私には懐かしいところなのだ。つい十年くらい前まではよく出かけていった。伊豆山寄りに「熱海ホテル」という落ち着いて静かなホテルがあったからで、私はここでよく絵や原稿を書いたりした。ちっとも知らなかったが、何でもここは角栄氏の刎頸《ふんけい》の友として有名な小佐野とかいう人の経営だったという。だからあのロッキード事件以後はつぶれてしまったのだ。それでぷっつり私は熱海と縁が切れてしまったけれど、一時は特別にあのホテルを借り切り、私の出版記念会（文化出版局後援）などをしたこともある。

友人たちは東京から一晩泊りでたくさん来てくれた。ディナーパーティの後「モノセックス」のファッションショーなどもやり、ロビーやバーでは徹夜で遊んでた人も多い。それで会費一人たったの三千円とは、当時としても信じられない安さだった。

若いイッセイも来てくれて、モノセックス・ショーを見た後では、「セツさんはネタを全部タダで見せちゃうんですネ」なんて、おほめとも皮肉ともとれる批評をしたのだった。

広い芝生の向うに、青い海の開けた古風なロビーとレストランの眺めが贅沢だった。仕事に飽きて部屋から出ていくと、白いテーブルクロスの並んだ食堂の窓越しに初島を眺めながら何かを食べるのがとても楽しみだった。このホテルがつぶれた後はもうあの大きな市内からホテルというものが皆無となってしまったという。日本のリゾートの何という不思議さだろう。

私が西洋式ホテルにこだわるには、私だけの特別な理由もある。二、三十年前の骨折（膝）以来、正座やあぐらがかけなくなったからだ。畳の部屋に足を伸ばしていても、同じポーズではくたびれて五分と持たないし、もちろん座式の日本便所もダメである。しかし日本座敷のたたずまいが決して嫌いではない。タマには畳にゴロリと、庭など見て何もしないのはいいのだけれど、それはほんの一泊くらい、長期滞在は所詮ムリなのだ。だからお座敷宴会も私はダメ。

大原のホテル

コート・ダジュールばかりでなしに日本の海岸線で絵になるところも……と、伊豆や房総を隈なく調べた結果が、いちばん絵になるのは外房の大原漁港だった。恐らく近海ではいちばん大きな漁港なのだろうが、温泉その他の観光目玉に乏しいからかえっていい。海岸には民家の他に黒い倉庫群や魚市場が並んで、観光地みたいな安っぽくケバケバした旅館群などないのがいいのだろう……絵になるわけ。もっと絵になるのは、波止場の中には数え切れないくらいたくさんの船……それが動く。この漁船たちが派手な旗をなびかせて走るのも楽しいが、ピンク、緑、白、ブルーなどのペンキの色が、はげたり、塗りたてだったりしてしゃれたアクセントとなる。

私はもう十年以上ここに絵を描きに行ったが、困るのはいつも泊まるべき洋式ホテルがなくて、畳暮しをガマンすることだ。だから一週間以上の滞在がちょっとムリ。

しかしやがて「日本のコート・ダジュール」と銘打つ「セツ」風景写生大会をここに決めた。白いコンクリート建ての大原町営国民宿舎があったからで、三日にわたる不良少年少女たちの祭りは、毎年初夏の名物行事となっている。初めはもちろん私もいっしょだったが、今では生徒だけで満杯だ。私たち職員は他の民宿に追い出されてしまった。ふと一つのホテルという看板をみつけ、そこを私の宿にしたのだが、やはりホテル旅館でしかなかった。そこに一つだけある洋室でガマンしている。スリッパはいやだから上ばきを用意していく。洋間とは名ばかりの部屋に、ベッドはあるのだが、ベッドメーキングは知らないらしく、シーツは敷布団にしかかけてない。だからもう一枚のシーツを貰って毛布には私が自分で巻きつけなければならない。しかしそんな些細なことはいいとして、とてもイヤなのは食事だ。ホテルでなら朝はベッドに食事を運ばせるが、ここでは下の食堂まで下りていく。部屋を出て下へ行く以上はちゃんとヒゲもそらなければならないし服装も整えなければならないだろう。朝はみんなそれがイヤだからこそ部屋へ運ばせるわけなのに……。

誰でも朝の服装を整えるのは、その前にまず朝食をとり、次にウンチをし、そして風呂に入って歯をみがき、ヒゲをそる……女性ならメイクアップ……。それまではみんな裸のままで、この順序は崩しようがない。だから外国のホテルで朝食を運ぶ人は必ず合鍵でいきなり寝室へ入ってくる。こちらが素っ裸でベッドからとび起きたりしなくてもすむようにである。私も以前はそれを知らずにドアのノックで反射的にとび起き、すっかり女に見られてしまったことがある。前を両手で押さえ、ふるえてる日本男子に向かって、しかし彼女は笑ったまま悠然と近づいてきた。彼女は優しく私にも一度ベッドにもぐりこませ、私の膝を優しくたたいて平らにする。そこへコーヒー・コンプレを綺麗に並べ、チップを受けとると、「ボンナペティ（よいお食事を）」と立ち去った。

大原のホテルでは……。朝から食堂まで行かされたくらいだから、当然夕食もそこでとるのだろうと思ったらさにあらず、「夕食はお部屋へ運びます」という。何もかも逆なのだ。せっかく楽しい夕食を想像して顔を洗ったりシャツを着かえたりしたのに当てが外れてしまった。そして一人淋しく個室で食べるゴチソーの何とまずいことか？　ゴチソーといっても海だからとれたての魚ばかり数え切れないくらいたくさん並んでいる。私は半分も食べはしない。もっと菜っぱや野菜の煮つけなどをなぜ食わせてくれないかと思う。だから食事の点からも長期滞在は不可能と思う。

ところが外国のホテル料理は、ほとんどが一ヶ月以上の滞在客のために、毎日の野菜の多さと変化……実に見事だ。今日のメニューは何だろう？　と夜が来るのが毎日の楽しみである。八時のレストランが待ち遠しくてバーでアペリチーフを飲む人も多い。私も絵の具で汚れたシャツをせめて絹ものにかえたりして、いそいそと部屋を出るのだった。

隣に座った客も長い間の顔みしりで、「今日はいい絵が描けましたか？」などと訊いてくれるが、それが私のニガテな英語だったりドイツ語だったりして会話がいっこうにハズまない。それでも一人で部屋で食うよりははるかにそのほうが楽しい。

「オヤ？　今日は新しい顔がいるゾ」

なんて、遠いテーブルに思いがけずおいしい新顔の客などを発見する喜びも加わるのだ。

　メインディッシュの一つを選ぶときなど、フランス語がよく分からないときは、すかさずポケットから字引きを出して調べる私……すると隣のドイツ語の人までが私にメニューを訊いてくる。とっても忙しいが嬉しい。

　こんな旅先の楽しみを打ち消すような仕打ちを日本の旅館は平気でしてしまうのだった。一人淋しく食べて、他にすることもないから早々と寝るが隣の部屋はいつまでもひどく賑やかだ。いったい部屋で何をしているのか歌声や手拍子まで聞こえてくる……それで私はやっと分かったのだ。日本旅館はホテルと違って個室で宴会をするのが当り前になっているのだということが……。

　外国のホテルで、もしあんな風に個室に人を招《い》れたり騒いだりしたらいっぺんで追い出されてしまうだろう。隣室の寝てる人だっておとなしくはしていない。日本旅館とは何か？　旅人がゆっくり部屋で休めないとしたらいったい何なのだろう？　と思ってしまうのであった。

それで料金だけはけっこう一人前にとるのである。二食つき一万四千円……私がコート・ダジュールでやはり二食つきのホテル代からするとほぼ倍である。これでは日本の科学万博に来た外人などはびっくりしてしまっただろう。そしてサービスも料理も決して上等とはいえないのだ。毎日のベッドメーキングもしないし、バスルームの掃除もいい加減だった。小さいバスタオルはたった一枚で、毎日取りかえはしなかった。それでチェックアウトタイムが十時とは恐れ入った次第。

私が日本のホテルでもぜひまねしてもらいたいと思うのが、夕食のワインがボトルキープ式になっているあちらのホテル。大びんの割安で注文しても、残した分はキープして、次の日のテーブルにちゃんと持ってくる便利さがこたえられない。料理によっては白やロゼやミネラルウォーターも頼むけれど、あせって飲むこともない。三本も四本ものワインが溜まって自分のテーブルに並んでるだけでも豪勢な気分……。そんなワイン代までも含めてホテル代が一日一万円足らずにすむなんて、今の日本で考えられるだろうか？

ケチできこえたセツが、バカンスとなると高い飛行機賃をかけてもヨーロッパまで出かける、という真の意味が、皆様にもお分かりいただけたろうか？　どうやら日本旅館では長期滞在客は歓迎されない風である。やたらせわしくあちこちをかけ廻る、一泊の通過客向けである。しかし日本人の休み方だってこれからは少しずつ変わっていくと思う。

ヴェルニサージュ

パーティドロボー（女性の部）

いろんなパーティに招ばれるが、私の生活では展覧会のヴェルニサージュか、ファッションショー後のカクテルパーティが多い。いずれも宣伝が目的のパーティだから飲みもの食べもののサービスが豊富でいつもびっくりしてしまう。主催者はどんなにお金をかけてもそれが何倍もの利益になって返ってくるのだから平気なわけだ。だからパーティ不馴れの日本人は、パーティというと高級料理がただで食べられるもの……という風にいつの間にか習慣づけられてしまったらしい。

なるべくおなかを空かして出向くのがパーティのエチケットだと思うようになってしまった。いつかも私は大変な光景を見てしまった。

ラフォーレミュージアムの〃ＢＩＧＩ〃のショーが終わって帰ろうとすると主催者

から別の部屋に案内された。広いホールには既にたくさんの客たちがつめかけており、あちこちのテーブルに美しく並べられた料理の豪華さにもすぐ気づいた。それらはたとえばホテルパーティの西洋風おつまみの類ではなくて、ほとんど日本食のおつまみや食べものが、すごく凝ったレイアウトで並んでいた。

ふだん私はそんなパーティではほとんど飲み食いをしないことにしている。特にマズくもないかわりに特に美味しいわけでもないからだが、もっぱら誰か楽しい人を探しては話しこんだり、誰か美しい人間に出会ったら紹介してもらったりするのが楽しみで出かけるのだ。だからパーティでがっついたりすることがないようにと、もしその時おなかがうんと空いてたりしたら、たとえラーメンでもいい……ちょっと何かを食べてから出席するよう心がけているくらい。

ところが〝BIGI〟のパーティの時はいつもと様子がちがっていた。いかにも食欲を刺激するような、体裁だけでないホントに美味しそうなものばかりがどっさり……今流行の和食のアイデアが抜群なのと、片隅には私など「銀座千疋屋」のウィンドーでしか見たこともないような高級フルーツが山と積まれていて、私もついそれらを横目で睨みつけ、

「あのスモモみたいにでっかいブドウを後で食べてやろう……」

なんて考えていた。

こんな場所で焼きおにぎりや小さい目ざしみたいなのがつまめるのも珍しく、それに飲みものは升酒と凝ったもの……あらん限りファッションを凝らした女性たちは当時やはり黒いスダレ風の衣装が目立ち、彼女たちもいっときは、パリもニューヨークもすっかり忘れ果てた空ろな表情で、故郷のおにぎりを頰張っていたのである。

このパーティもそこまでは見事だったのだ。すべては主催者側の見事なアイデアとセンスの良さが、予定通りの成果をおさめていたといってよい。しかしその後がいけなかった。

帰る前にそろそろあのでっかいブドウの実をつまんでやろうと、果物のテーブルに近づいて行くと、驚いたことにはついさっきまで山のように積まれてあったフルーツたちはほとんど消え去っていた。しかし幸いなことに巨峰の大きな一房だけが、まるで私のためみたいに頑張ってそこに在ったのである。それはたぶん一房で二キロはあろうかと思われるほど見事な一房だった。私は近づきながら、その一房の大きな二、三粒もちぎって食べようかと、ようやく手を伸ばしかけたが、時既に遅かったのだ。

どこからともなくそっと赤いマニキュアの手が伸びたかと思うと、そのブドウの大房は私の目の前からスッと消えてしまったのだ。

「オヤ！」

と思って私の目はその手のあとを追っていく……すると何ということだろう、その手はブドウの一房を丸ごと自分の黒い大きなバッグの中に押しこんでしまったのだ。驚いた私はそこでついでに見てしまったのだが、彼女の大きな手さげバッグの中にはブドウの他にも美しい大きい赤いリンゴや、笹に包まれたちまきも、そしてもう私は忘れてしまったが、その他たくさんのゴチソーたちが既になげこまれているのだった。

これは恐らく私が生まれて初めて見たパーティの異様な光景だった。パリのファッションショーでも近頃は後でよく記者たちにごちそうを出してくれる。それをがっつく外国のエディターたちは、決してエレガントが商売の人とは思えないくらいだが、しかしそれらを素早く手さげカバンの中に盗みこんでいるのを見たのは日本で初めてだった。

一瞬「ナゼ？」と思った。日本人がほんとに飢餓に苦しんだ戦中戦後の後遺症がまだ残っていたのか？　とさえも。しかし今、日本は世界で最も物の豊かな国になったといわれて久しいのにナゼ？

出口のところで〝ＢＩＧＩ〟デザイナーの稲葉賀恵さんと出会って礼をいった。

「今日はショーもステキだったけれどこのお料理も傑作でしたネ……」

「みんな男の人たちがあちこちから集めてきて並べたんですよ」

「いいセンス！　でもスゴい客がいますよ。あんまりいいものばかり並んだせいか、カバンの中にどっさりそれらをしまっちゃってる人がさっき……」

「それが一人二人じゃないのよ、私もさっきから見てたけれど……」

「ボクも実はびっくりしちゃったんだけれど、ドロボーの人ってみんな女性ばかりですね、男のは見ませんでしたよ」

「男の人はすっかりめし上がるから……」

「イヤしいのは貧乏な人かというと、そうじゃなくて、盗る人って高そうな、いいもの着てる女の子ですね、みんな……」

ヴェルニサージュ（男性の部）

「オープニングパーティ」というと、ナゼか私はパチンコ屋みたいだ……と思う。パチンコ屋へなぞまだ一度も入ったことがないくせに、なぜオープニングパーティとパチンコ屋とが結びつくのか私にも分からない。それが必ず展覧会の招待状と共にやってくるのだからいつも変な気持におちいってしまうのである。

展覧会の前祝いにやるパーティは、正式にはヴェルニサージュといわなければならない。これならパチンコ屋の開店祝いと間違えることもあるまい。

もともとヴェルニ（vernis）とはワニスのことで、ヴェルニサージュ（vernissage）は油絵の最後の仕上げ油を塗る日……という意味から出ているのだ。昔は展覧会のための作品陳列がやっと終わってから、左右の関係で作者がちょっと手を入れたり、艶出し油をかけたりしたそうで、一般公開に先立つ前日のそんな夜を特にヴェルニサージュといったらしい。

ヴェルニサージュはだから作品のレイアウトがやっと終わった夜のパーティとなり、そこに招ばれるVIPは、批評家と金持ちのコレクターばかりである。昔はだから男なら燕尾服かタキシード、女はイブニングドレスと相場が決まっていたというが、今は必ずしもそうではない。しかし金持ちばかりのスノッブな華やかさだけは昔も今も変りがない。

しかしそんなスノッブなパーティの中を一人だけカジュアルなシャツやセーターなどの無作法な男がまぎれこんでいる……そんなコントラストのある光景に、私たちは映画などで気づくことがあるだろう。そのヒゲ面の変人こそ実はこの展覧会の作者なのだ。たぶん芸術家は自由業として、スノッブな階級のフォーマルからまぬかれている……という意味もあるらしい。このヒゲ面の芸術家とドレスの女性などが絵の前でカクテルやシャンパングラスを手に持ったまま楽しそうに立ち話などしてる……そんなエレガントなシークエンスがいくつか私の記憶の中にはある。

しかし日本の展覧会のオープニングパーティでまず驚くことは、招ばれた客たちのオシャレまでは問わないとしても、みんなの飲み食いだけがやたらに激しい。ろくに絵など見もしないで初めから飲めや食らえの大騒ぎだから、芸術的雰囲気などこれっぽちもありはしない……。ただひたすらに宴会だ。だから招くほうもひたすら飲み食いのゴチソーばかりたくさん用意しなければならない……なんて、何という下品なヴェルニサージュであることか！

だから「セツ・アート展」の時セツゲリラ隊員に私は次のように通達した。

「ヴェルニサージュに当たっては、決してゴチソーを作り過ぎないこと。飲みものは上等のコニャック、スコッチを少しとパンチ……夏だからビールも少し入れてやるか！おつまみは可愛いチョコレート類ボンボンとカナッペを少し……そして客がテーブルの前に決して居坐らないように、なるべく絵の前に立ってる人にだけサービスしなさい」と。

グラス片手に作品を肴にしているエレガントなヴェルニサージュ光景を頭に描いていた私の予想は数時間後ものの見事に打ち砕かれてしまった。

花やカナッペやボンボンなどがキレイに並べられたテーブルへ私の友人を案内していくと、既にテーブルの周りには割りこむ隙間もないほどにたくさんの人がつめ寄って盛んに飲み食いしてる最中だったのだ。よく見るとほとんどが「セツ」の生徒ばかり……まだ何も教えてない新入生の群れ。それで校長は怒った。

「コラッ、何だ、お前たち、ここは『セツ』の展覧会だよ。お客様用のゴチソーを主催側のお前たちが何でそんないっしょうけんめい食わなくちゃいけないんだ？　やめなさいッ！」

すると一人の美人の女の子が、

「……だって出されたものはいっしょうけんめい食べるのがエチケットだと思って……」

何か日本古来の宴会とパーティとをどこかでマゼコゼにしちゃってる間違いが、あんな若い娘の中にも残ってるのに驚いてしまった。

暮しの美学。

エレガントな朝

ミソもクソもいっしょ

生まれて初めてパリに行って、やっと辿り着いたホテルで、朝日を覚ましたのは下水の音だったのを覚えている。ベッドの中でトイレの流れる音を遠く近く、あるいは大きく小さく……初めは何の音だろうと思いながら、やがてそれがトイレの音だナと思ったのである。うるさいというほどではないのだが、その気になって聞くとかなり頻繁に聞こえてくる。きっとみんながトイレに入る時間だったのかもしれない。

それはたしかロワイヤル・モンソーとかいった古めかしい五ツ星の高級ホテルで、たぶん日本の旅行社が、私の初めての外遊のためにずいぶんと贅沢なプランを立ててくれたものだった。当時私は新制作派協会に出品してて、パリ在住の荻須高徳氏とも親しかったから、氏が早速私をホテルに訪ねてくださったからよかったものの……。

「キミ。ずいぶんとスゴいホテルに泊まるんだネ。ここは日本の大臣などが来て泊まったり、パーティをやったりするホテルなんだぜ。少しでもパリに長くいるんだったらもっと安いところを見つけないと、最後まで金がもたないいんじゃないの？」と、絵描き同士の財布の心配までしてくださる親切ぶりだった。

五日後には荻須夫人の案内で、そこからさほど遠くない三ツ星のホテルに引っ越す。プルーストが住んでたとかいうちょっと陰気な感じのところ。更に半月後はもっと安いアパルトマンを見つけることが出来たのだった。安いといってもホテルよりは安いというだけで、三十年前の当時としては月七万円というのはやはり高かったかもしれない。

十六区のコペルニクス通りだからパリでもハイクラスの居住地で、広いワンルームの他にはバカでかいバスルームと、台所には食器や鍋、冷蔵庫などの設備が整ったステュディオ……私はトランクに着るものさえつめていけば、その日からパーティでも何でも出来るような……ホテルなどよりもずっと便利な住いだった。

朝の九時頃にはいつも二人のおばさんが掃除にきてくれる。ベッドメーキングから始まって台所のゴミ集め、床ふきがすむと、大きなバケツからクレンザーをつけた大きなタワシであらゆる白い陶器を片っぱしから掻き回す……、流し、レンジ、洗面器、便器、バスタブ、ビデ、それらを水で流し、最後は乾いた布でピカピカにこすっていく……その早いことまるで魔法使い。

短時間の間に見違えるほど部屋が綺麗になるのでその仕事ぶりは見てて気持がよかった。ホテルと違って掃除を客が居ない間にするとは限らないから、私は時にお茶やタバコをすすめたりしたのだが、決してそれには応じなかった。二人連れが時には一人でくることがあると、そんな時は私のすすめるタバコを一服したりした。しかも必ず窓を閉めて、サボってるところを外から覗かれないようにする……キビしいナと私はびっくりする。

日本に帰って友だちにこの掃除おばさんたちの見事な働きぶりを説明したことがあった。すると友人の一人が突然、

「それじゃまるでミソもクソもいっしょだネ」といった。つまり、流しと便器とでタワシや布巾を決して彼女たちが取りかえたりしないことを指していたのだった。

「でも最後にはキレイに水で流すんだから同じだよ」

「それにしても汚いナ。日本では台所用と便所用は厳しく区別すると思うけれどどうだろう?」

「だってお前が銭湯に行く時いつも自分専用の洗面器を持っていくようだけれど、顔

用とお尻用とどう使い分ける？　上がるときのタオルだって一つで顔もお尻もふいてるくせに……」

「そうかナルホドね」

「要するにだネ、流しは綺麗で便器は汚いもの……と両者を画然と区別する思想が日本なら、便所も流しと同じにピカピカにしてしまうあちら式と、いったいどちらを採るかの問題」……とすると私はあちら式。とにかくトイレを汚いものとして他と区別することは、トイレの汚さが絶対化され、さらにそれが永久化する結果を生むことにつながっているからだ……これは私にとって最初の大きなカルチャーショックだったのである。

素っ裸のプライバシー

だから現在の私の部屋にトイレ用掃除用具は一切なしでしかもいつもピカピカだ。トイレ用の紙さえもない。用便がすめばそばに並んだバスタブのハンドシャワーを取って、いきなりお尻を流してしまうからだが、あとは乾いたタオルでふくだけ……だからジになる心配は全くないと思っている。立ち上がって便器を見ると改めて水を流すまでもなく中はすっかりキレイに澄んでいて気持がいい。

私はもともとお風呂というものが泣くほどキライだった。親といっしょに入れられるたびに逃げ出した記憶がある。大人のお湯というものは私にとって「熱くて苦痛に充ちたもの」でしかなかった。それはムリヤリに「肩まで入れ」だの、「肩までつけて二十数えろ」だのという拷問の記憶……。

それは銭湯も同じで、自分の家に風呂がない下宿時代など、銭湯に行っても中には決して入らず、いつも洗場だけですました……私は絶対に江戸っ子にはなれない体質だったのである。それがちっとも苦痛でないどころか湯につかるのがまことに快感であると知ったのは外国式のサニタリーを覚えたからであった。馴れない外国に緊張し、疲れて自分の部屋に帰ってくると、まずバスタブに湯を入れ、長々とその中に寝そべっているといつの間にかすっかり元気が恢復したのだった。もちろん、湯加減が自由でいくらでもヌルめに出来たからだが……。

日本風呂の熱い湯につかってはいちいち外にとび出し、石鹼を体中にこすりつける激しい運動はたしかにいい体操にはなるだろうが、それをするのが億劫な私には風呂はいつもゆっくり寝てるだけの西洋式に限るのである。だからお湯を泡だてるバン・ムッサン（バス・バブルス）が欠かせない。ムッサンはまるで発泡スチロールのふたのような役目を果たし、湯が冷めないばかりか水蒸気も抑えてしまう。だから皆が心配するように湯気で部屋がしけるということもなく、私のサニタリーは便器もふくめてでんとカーペットの上に並んでいる。洋服ダンスも自動洗濯機もそこにあって、いったんぬいだものは全部洗濯機の中へ、そして風呂から上がったらその場ですぐに洋服を着ることが出来るのである。

この式だと床防水なんて、大ゲサな工事を考える心配もなく、たとえばどんな間借りの二階屋にだって理想的な設備が可能だろう。排水配管などの工事は、一切壁などを削らずに全部ムキ出しのまま壁や床のスミなどをはわせる……このほうがずっとモダンなのである。たとえばこれがパリの新しいポンピドゥセンター方式なのだ。

セツ・モードセミナーの屋根裏（五階）が住居の私にとって、毎日百人もの生徒たちからやっと解放されるのは、彼らがみな帰ってしまう夜の九時以降と朝の十時まで、そして日曜休日だけなのだが、この部屋に逃げこんだ私は、自分が完全なプライバシーにいるという確認を得るためにも、ドアの鍵をしめ、とたんに素っ裸になってしまう習慣……それは安心して心身ともに完全に裸になれたという状態なのであって、これがなかったら私のプライバシーはほとんど成り立たないだろう。

授業の途中で部屋から出てくる私に、よく生徒が「先生またお召しかえネ」というのだが、実は部屋に戻り、素っ裸で一休みしたあと、何もいったんぬぎ捨てた服をわざわざ着なかっただけのこと、汗をかいた下着などどうせみんな洗濯機の中に放りこまれてしまったのだから……。

だから洗濯機の中はミソもクソもみんないっしょだ。パンツ、Tシャツ、タオル、雑巾、ソックス、スニーカー……乾いたあとはみんな平等の扱いだから、雑巾だったものが顔ふきになったり、顔ふきだったタオルが床ふきになったりしても誰も分からない。ただしタオルを雑巾に使うときは、真っ黒になるまで決して同じものを使わず、一度何かをふいたら必ず洗濯機に放りなげることがコツ。

十何年か前に生徒たちが卒業記念に植えていったポプラが、幹はもう二抱えほど肥え太り、梢は五階の部屋を超してしまった。名も知らぬ鳥たちが集まってきてヒステリーみたいに騒ぐ……やかましくて目を覚ます朝は、いつもよく晴れて気持ちがいいのである。

電磁気のコンロで湯を沸かし、コーヒーの豆をひく……おなかがペコペコだ。パンにチーズをのせ、更に栄養満点という「いりこ」をその上にたくさん並べてオーブンに入れる。もう何十年と自分でやってきたコーヒーは、どこの誰のものよりも私の口に合い、今では街のものが飲めなくなってしまった。砂糖どっさりの甘いコーヒーでパンを齧ると、素っ裸で独身の何ともいえない快感がどこからともなく浸み出してくるわけ……。

　ウンチングはコーヒーの後の条件反射か、ウンチしながらバスタブに湯を入れて、朝のひげ剃りや歯みがきは盛大な泡ぶくの中に長々と寝そべったままいつの間にかすますのである。だから私には別に風呂の時間というものが無しでいい。体をふきながらやっと、

「さて、今日は何を着ようかナ？」

などと思う。タンスをあけるとまるで絵具のパレットみたいにあらゆる色のシャツやズボンなどがそこにぶら下がっているからだ。ついピンクやグリーンなどと派手なほうに手がのびてしまうけれど、改まった渋い色でまとめようとする気取った日もタマにはあるのである。

五階のジャングル

私の腐れ縁

東京の冬が好きだ。寒いといってもさほどではなく、昔少年のころ、雪深い会津若松から初めて東京の親戚に来た時、街の暖かさにはびっくりした。オーバーなしでも平気……とそう思ったのを忘れない。しかし二年目からはすっかり東京馴れしてしまい、やはりオーバーが要ったけれど……。私はテレビの天気予報をよく見るが、冬の太平洋側と日本海側と、どうしてこうも毎日天気が違うのか？　太平洋側は冬中ほとんど晴天で赤い太陽のしるしが出てるのに、日本海側は必ず雪ダルマのしるし……同じ日本なのに天がこうもはっきり差別するのはいったいどうしてだろうと思ったりする。

テレビに赤い太陽のしるしが出ると、それだけでもうすっかりいい気分になり、ガバとベッドから跳び起きるが、曇りだったり、雨だったりすると、もう一度ふとんを肩まで引きよせて目をつぶる。

　晴れの日、跳び起きて窓のカーテン……といってもわが家のはロールだが、それを引き上げても六時はまだ暗い。東の窓から陽が射すまでにまだ小一時間もあるというのに、待ち切れなくて南も西もみんなのロールを上げてしまう。暖房のポッチは押したけれど部屋はまだ寒いので「体操でもするか！」テレビ体操である。誰にもまだ見せたことはないが、このごろはすっかり上手になったみたいだ。その間にちょうどコーヒー用のお湯が沸いてる計算だ。貯湯式の熱湯も出るが、呑む湯はパリと同じミネラルのヴォルヴィックである。こんなのが駅前のマーケットで買えるようになった。パンだけはパリ式に焼きたてとはまいらず、買いおきのバゲットを冷凍庫からとり出してオーブンで焼く。

　ヨーグルト、蜂蜜、ジャム、そしてフルーツは今ならリンゴまたはいちごだ。ミルクもたっぷり湯煎で温める。これだけはパリも日本もなく、どこへ行っても毎朝同じであるが、焼きたてのパンが食える点だけはパリにかなわない。だからパリに着くと、朝のパンがとてもおいしい……パンだけはフランスだなんて大げさに感じるのだった。

　しかしパリの冬はいかにも天気が悪く憂鬱である。ほとんど毎日が雨または雪で、私の大好きな太陽の顔なんてめったにお目にかかれない。十日に一度くらい珍しく陽が射したかと思っても、一時間とは続かないのだ。それでもその一時間が嬉しくて部屋から外へとび出し、軒下にイスを出して日向ぼっこする老人などがいるから面白い。だからもう私は冬のパリには行かなくなってしまった。冬のオートクチュールも見たいのだけれど、それにはもう一つの理由があった。

十二月の二十日からは「セツ」も冬の休暇に入る。私の仕事も二十日までにはほとんどすんでしまう。あとは来年の一月十日までは何もなし。この間ただ一つ心配なのは毎日の食事だけだ。めったに行ったことのない旧友の家を訪ねたりして、メシにありつくのもテだが、うっかりするとごっそり子供たちにお年玉をとられたりするからこれは警戒……。

だからいっそパリへでも……と今まではそうだった。しかしいつの間にか、年取った猫みたいに、寒いパリなぞよりは暖かいのが一番と、東京の赤い太陽じるしに一喜一憂するのである。もっともそれには私の部屋が東京の冬にはもってこいの好条件で、太陽が窓から一日中照りつけるのだ。暖房なしでも昼ごろにはシャツ一枚で汗ばむほどの日もあるくらい。冬だというのに、部屋の一隅では観葉植物がジャングルのように繁茂している。

「よほどお手入れがお上手なんですネ」

なんて来客に賞められるけれど、お手入れなど何もしたことがない。生きものだから枯らすのはかわいそうだと、水だけはときどきやっている……もともと面倒な犬猫を飼ったり、植物を買ったりする趣味が薄く、みな贈りものの何十年来のなれの果てだ。かわいそうで枯らさないだけのことなのに、伸びる一方だからたしかにジャングルである。カポックなど天井まで届き、今ごろはたくさんブキミな花をつける。ブーゲンビリヤも天井を這う。

「カポックが日本で花をつけるなんて珍しいことなんですよ」

とは、通の人が教えてくれたのである。シクラメン、ハイビスカス、シンビジウム etc. 名前も知らない花々が競っている。もうこれ以上植物がふえたら私の住むところがなくなってしまいそう。どうぞ皆さん、これ以上私に鉢植えの贈りものはしないでください。

大して好きでもないこれらの花々や観葉植物なのに、私の旅行を妨害することが多い。ふだんなら私の留守中は「セツ」の職員に水をやらせるのだが、正月休みだけは全員同時休暇なので、これが出来ない。

……見殺しには出来ないとせっかくの外国旅行を諦めるのだから、これは腐れ縁とでもいうしかないだろう。

危険な情事

年内締切りの三月号の原稿を四つ渡し終わったのに、まだ映画の試写会は終わらない。ゆったりした気分で試写室へ行く。こんな映画の味は格別においしい。オーバーはなしの、とっくりセーターに長いカシミアマフラーだけで銀座へと。

しかし今日のは恐ろしい映画であった。

こんな恐ろしい映画は見たことがない。何十年も前に初めて見たヒチコックの「断崖」……あの時もコワくて途中から逃げ出そうとしたが、これもそう。コワい映画というのが今流行《はや》っていて、いわゆるホラー映画が若い人たちに大人気というけれど、そんなワザと臭いつくりもののコワさなどはもともと大したことはないので、この映画のほうがその何倍もコワいのであった。

何が恐ろしいといって、世の中にほんとに起きている三面記事……よくあることだから小さい記事でもそれはコワいのである。男と女の愛がもつれて殺した……なんて記事はうんざりするほど毎日あって、ふだん私たちは気にもとめない。しかしそれはそんな小さい記事では、コワさがよく分からないだけのこと、もしそれを微に入り細にわたって眼の前に見せつけられたら、たぶん正視出来ないくらいコワいにちがいない。これはそんな映画だったのだ。いかにもどこにでもありそうな……つまり君にも私にもありそうな殺人劇だからこそホントにコワいのであった。

「危険な情事」というアメリカ映画である。主人公のマイケル・ダグラスはあまり好きでないが、ニューヨークの有能な弁護士ダンの役をまあまあそれなりにこなしている。

自分が顧問をしてる出版社のパーティでチャーミングな女性編集員アレックス（グレン・クローズ）と出会い、たちまち恋におちいるのはどこにもある話。一目ですっかり意気投合した二人……お互いに大人の愛で行こうと、その日のうちにベッドインだった。

ダンは美しい妻とかわいらしい七つの一人娘がいて、家庭生活にすっかり満足だったから、今まで浮気なぞしたことがなかったのだ。しかし初めてする浮気のセックスは野獣のように激しかった。女も負けてはいなかった。エレベーターの中でアンコールしたほどだ。

女は独身のキャリア・ウーマンだから、たしかに大人の遊びと初めは割り切っていたのだろうが、思いがけないセックスの展開が大人の遊びを変えたのである。女は彼を必要とし、もう離せないものとなってしまったのだ。しかし男は何よりも家族を愛してたので、「これっきり」のこととした。その後どんなに女から誘われても二度と応じることがなかったが、これがかえって女を刺激したらしい。

男の目の前で手首を切る。昼夜を分かたぬ電話攻勢……まるで狂人。しかもたった一度のそれで妊娠という事実。女はそれを産むとガンバるから男は絶体絶命だ。ダンは自宅の電話番号を変えたりするが、そんなことで片づくどころか、追跡がエスカレートして自宅へ直接に、

「奥さんにバラすわよ」

ここから先は語るまい。とても書き切れるものではない。女は、想像を絶する方法で男の家庭を目茶苦茶にし、そして最後には？

この映画を見たアメリカの男たちは、あまりのショックで黙りこくってしまい、タイムズは大ヒットの原因を分析して八ページの大特集を組んだという。

自分にとって家庭が何よりも大事という男と、家庭などより愛こそが大事とする女と、いずれにしてもこの二つのエゴのぶつかりに解決はないのだった。

「ああ、俺には家庭なぞなくて助かった」

これが私の第一声であった。しかし世の多くの男たち、妻や子があり、一生浮気な

どしないならともかくとして、一度や二度、脛に傷もつ男たちは、この映画を見たあと、たぶん三晩くらいは眠れないにちがいない。

部屋に戻ってみるとまだ夕陽が部屋の奥まで照りつけており、カポックがまた一つ大きくブキミな花を咲かせ、まるで女が笑ってるみたいに見える。私は鉢の受け皿に人さし指をつっこんでみた。もうすっかり水を切らして乾いているのだ。私は慌ててジョーロの水をやったが、女はまだ静かに笑っているのだった。

プライバシーの内と外

パ・ボー

タタミの部屋と布団という日本古来の寝具が、一部欧米の東洋趣味の人たちにもてはやされだすと、日本人は「それみたことか!」日本のウサギ小屋スタイルだってまんざらではないんだゾと、急に元気づけられたりしている……。

たしかにタタミに布団の長所もないことはない。悪い柔らかすぎるベッドに比べると、背筋が曲がらなくて健康にいい……ということは本当らしい。私も昔パリの安宿で柔らかいベッドに寝かされ、次の朝背中が急に痛くなって起き上がれないことがあった。古いマットはたしかに背骨にはよくない。ベッドそのものよりもマットがいいか悪いかのそれだけでベッドの価値は決まるようである。

しかしベッドのいい点もどっさりある。布団に比べて乾燥が早いこと……敷布団を毎日バルコニーに出して日光浴させる必要がない点……これだけでも私は布団よりもベッドを選ぶべきだという気がするくらいだ。少なくとも都市生活者が、南向きの窓という窓に布団やら洗濯物を出して干す風景が、どんなに日本の都市美を損ない他人迷惑かということを考える必要がある。

私はヒトリモノなので庭つき一戸建ての家を持とうなどと夢想したこともないが、それかといって都心部のアパートに住みたいとも思わない。あの布団だらけのアパートを見ただけで私は拒絶反応を起こす。パリのアパートみたいにガスなし、布団干し禁止の習慣が定着するまでは恐らく東京のアパートに部屋を持とうとはしないだろう。都市生活者のくせして、田中角栄みたいに田園風の庭つき一戸建てにしたりするエゴとアナクロニズムが早く市民の意識から抜け出してくれないと、東京はいつまでも世界一巨大で無秩序なムラから脱皮することが出来ないだろう。

数年前の夏のことだが、カンヌに住んでいる画家の友人Y君を訪ねたときにこんなことがあった。夏のことだから子供が海で遊んできたあとの水着やパンツをテラスに干した。テラスのガラスはすりガラスの半透明だから、外からは見えないつもりだったのがやはりマズかった。通りがかりの品のいいオバさんがいきなり訪ねてきてドアをノックし、おだやかにY君のマダムへ注意したのである。

「ガラスに干しものなどがよく見えてパ・ボー（醜い）ですよ……」と。

夫人は一瞬ギョッとした。

「だって外へ干したわけじゃなし、すりガラスの内側へ干したんだから見えるはずはないんですが……」と。

「じゃ私といっしょにあなたも外へ出てみてごらんなさい」

ということになり、外へ出てみるとたしかに水着のブルーや黄色がすりガラスを通して薄ぼんやりと透けていた。

「ついでにあの茶色い箱も見苦しいとは思いませんか？」と彼女はつけ加えた。日本から送られたダンボール箱がガラスの下のほうにやはり透けて見えたのであった。夫人はやむなく彼女にあやまって、わざわざ注意してくれたことに「メルシー」といわざるをえなかったわけ。

「でもさ、そのうちに私が窓から顔を出しただけでもパ・ボーなんていわれやしないかって心配になっちゃったワ……」とY夫人は笑った。

日本人は街に家を建てるのは誰もが個人の自由だと考えるらしいのだが、自由主義の欧米ではむしろその反対で、自由なのは建物の内部だけ。建物の外部はたとえ自分の所有でも公共のものと考えたほうが間違いがない。なぜならば理由は極めて簡単……建物はそれが個人のものであれ公共のものであれ、街並みという公共の一部だからである。

　だからバルコニーに布団を干すのを禁止するなんては当然過ぎるし、バルコニーや窓にゼラニウムの花を咲かせるのは市民の義務である。もしそれを怠って花を枯らしたりすると、早速近所から注意されたり、時にはお巡りがとんできたりするのだそうだ。

5時から7時までのクレオ

　ベッドに布団は要らない……といっても私は近頃ベッドマットでなしにウールの敷布団などを使ってみている。これはなかなか寝心地がいい。しかし干したことはない。干さなくても人間が一晩寝た後の水分は十分に吸いとって同時に乾かしてしまう……その方法をおしらせしよう。

　私は独身だからベッドメーキングはもちろん毎日自分でやっている。シーツは三日置きに……といいたいところだが正直は一週間くらいのときもある。夏になってパジャマなしのフリチンで寝るようになると、さすがに三日置きにシーツは変えなければならないが、何かを一枚着て寝るのなら一週間や十日は平気みたい。

朝ベッドからとび起きたら午前中くらいは羽布団を巻き上げたままの状態にしておく……それだけで十分にゆうべからの水分は乾いてしまうと信じてるから、私は布団干しというのを何十年もしたことがない。それで何かの病気になったこともないのだから私の考えは正しいにちがいない。

もっともそれには、ベッドの下はいつも空気の流通のいいようにしておくのがいちばん肝要で、決してベッドの下を物入れなどに使ってはいけないということ……。よく新聞のちらしなどで特売のベッドが、下にタンスつき……というのを見かけるがあれではベッドの用を足さない。恰好だけベッドみたいでも、下に空間のないベッドはベッドではないのである。この空間のせいでベッドは乾燥を保ってくれるのだ。

しかも私はベッドを南側の大きな窓の下に置く。ベッドは夜使うだけでなしに、昼間でもゴロッと寝ころんで本を読んだり新聞を見たりする必需品なのだから、寝ころんだときに頭の後ろから明りが射してくるのは絶対条件なのだ。後ろからくる明りは読書に便利なばかりか、眠るにもいい。明るさが目にじかにはこないからだ。

更にいいことは南側の室内に射しこむ日射しは夏に短く冬に長い。冬などはベッドの足元まで全部日が射して日光浴させてくれるし、夏はほとんど日が入ってこないのである。午前中に掛布団を外しておくだけですべての寝具は日光浴の恩恵を受けられるのである。だから私がベッドメーキングをキチンとするのはいつも昼食のすんだ午後一時か二時頃で、それまではどんな来客も自分の部屋へは招き入れないことにしているのだ。

ベッドでも意外に大事なことはベッドの幅……これは私みたいに寝相の悪い者にはとても大変な問題なのだ。よくあるシングルベッドは絶対にイヤ……毎晩一人でしか寝ないくせに必ずダブルベッドでなければならない。つまり一五〇センチ幅は必要なのだ。シングルベッドをホテル風に毛布で足元まできっちり包みこんでしまうあの中にもぐりこむと、第一に窮屈でときには足先が痛かったり筋がつったりして夜中に大騒ぎを起こすことがある。旅先で運悪くこんなシングルベッドに寝かされたりしたときは、仕方ないから、まず毛布を足元のほうで引っこぬき、足先に重みがかからないようやり直さなければならない。

シングルでもっとやりにくいのは必ず掛けもの（毛布や羽布団）が、朝までに何度も床へ落ちてしまうことだ。そのために掛けものが落ちないような変てこな手摺みたいのまで売り物になって出ているが、あんなこまっちゃくれたものは使いたくないし……。

掛けものがズリ落ちるというのはどういうことかと考えてみると、布団であれ毛布であれ、それがベッド幅より広くてベッドから少しでも垂れ下がっているその重みに原因がある。どちらか一方に少しでも垂れ下がったら、人が動く度に必ず少しずつ一方にだけ下がってゆき、決して戻るということがないのだ。だから掛けものはベッドの幅と全く同じか、ちょっとせばめが理想的なのである。だから私はダブルベッドにシングル用として売り出された羽布団を使っているが、どちらも幅一五〇センチでちょうどぴたり……私がその中にもぐりこんでどんなに暴れても、いまだかつて床に落ちた……なんてことはない。

私はもともとが毛布がキライなのだ。あの毛布というのが体にまつわりついてくるしつっこさと、私の夜の激しい運動とがどうもうまくかみ合わないらしくて、朝起きてみると、毛布は私の頭の上に行ったりしてることがある。ところが羽布団というのはちょっとネダンが高いのだけ玉にキズだけれど、これは今のところ理想的な掛けものだ。あの軽さがたまらない。たとえば私がどんなに寝相が悪くとも、私が足をドタンバタンしたり、横向きに廻転したりしても、その間布団はまるで魔法使いのように宙に浮いていて、私のポーズがおさまってからやっと静かに元の位置へ落ちてくるみたい……だから決して一方へ垂れ下がってしまうようなことがないわけだ。

昔、「5時から7時までのクレオ」という洒落たフランス映画があった。内容はすっかり忘れてしまったが彼女の住んでた広い屋根裏部屋の光景だけが瞼の奥に残っている。その広い部屋はファニチャーらしいものが何一つなくて、ただ真ん中に一つ分不相応に大きいデラックスなベッドだけがでんとあった。何とステキだろうと思った記憶である。

その影響を私がどれだけ受けたかは分からないが、きっと何らかの形で今でも私の心の底に焼きついていることは確かだ。結局人間の住いなんて、社会から逃避する唯一の安全なプライバシーとして、誰にもホントに大切なものというのはたった一つしかないのではないか？　つまり快適なベッド……。

イスもテーブルだってほんとは要らない。私はベッドに寄りかかり、少しだけ膝を立てて画板をのせ、そのままの恰好で、この原稿とイラストを仕上げたのだった。だからヘッドボードにはいつも四つの大きな羽の枕が置いてあって、いつかも誰かが私のベッドを指し、

「ネネ、このベッドでいつも何人寝てるの？」だって……。

小さいパーティ

大失敗だった

まだ電話がなかったからでもあるが、予告なしにいきなり友達のところに押しかけては、相手の迷惑などかまわず、さんざ楽しい時間をつぶしてしまった……いかにも遠い昔だ。若くて貧乏画学生だったあの頃がいちばん私のよき時代だったのではないか？　なんて思うのは単なる感傷なのだろうか？

たしかに今それを再び実現してみたい……なんて思っても不可能である。どんなに親しい間柄でも、いきなりの侵入者などはお互いにどんなに迷惑だろう？　と先方の迷惑を先に考えるようになった……私が確実に年とった証拠にちがいない。

しかしもう一つの理由は、前はみんながそんなに忙しくはなかったということ……いきなり押しかけられて面喰らったり、たとえ仕事の予定を狂わされたりすることがあっても、一晩の小さなパーティがもたらすだろう大きな喜びに比べてみれば、その犠牲くらいはどうにか後からでも修復が可能だったのである。

だから家はあってもその鍵というものを長い間持ったことがない。いつでも誰でも心ひそかに侵入してくれるのを待っていたにちがいないのだ。どうせドロボーが入ったとしても、持っていきたくなるようなものが何一つない……という妙な自信もあったのだが、比較的広いアトリエの板場の隅にはダブルベッドが一つだけ。あとはイーゼルやら汚い額縁などが散らばっているだけなのだ。

友人が「今日《こんにち》は」ともいわずにいつもノッソリと入ってきた。そしてまず私の容子を見てから、自分がそこに居坐るべきか退却すべきかを判断したにちがいない。だからもしたまに入口で鍵がかかって入れなかったりすると、中で私がその時ナニをしていたかがいっぺんにバレてしまうのである。

それでもつい内鍵をするのが面倒だったり忘れたりして、何度かは友人に怪しい現場を覗かれてしまった……ということがある。ある時、私がベッドに寝ころんだまま、つい夢中でオナニーをしてたらしいのだ。友達が来たのを気づかない……目をあけてみたらそばでそっとサポートしてくれている……私は非常にびっくりしたが、その時の友達の真剣な顔を今思い出すとオカシくてしようがない……せめてあの時笑っててくればよかったのだが、先に笑い出したのが私で、つまりそれは大失敗だったわけ。どんなふざけた人でも、あんな時にはみな真面目な顔をするものだ……ということがそれでよく分かったのである。

そんな友達っていいナと思う。しかしもうすっかり今では少なくなってしまった。現在の親しい友人たち……といっても多かれ少なかれ何らかの仕事のつながりで、そうでない、ただの友人たちというのは、いつの間にかどこか遠くへ行ってしまったのだろう。行ってしまった……というのかそれともこちらが寄せつけなくなってしまったのか？　おそらくその両方だろう。私が忙しそうだと思ってみんながつい遠慮してしまう。つまり彼らも私といっしょに分別臭く年をとってしまったわけだ。決して少年のように、何の用もなくブラリとやって来たりはしないのである。

もう、そんな昔には戻れないような気がする……そんな大人の悲しさをどうにか繕《つくろ》ってくれそうなのが、今では気のきいた小さいパーティだろう。ほんとはかつてのようにプライバシーの中へまでどしどし土足で踏み込んでくるような友達も欲しいのに、それがもう許されない今となってからは、やはり何らかの土足のパーティみたいなものを考えるしかない。

仕事ではなくて「ただの友達」なんていうものをいったいどうやってつかまえられ

るのか？　というメインテーマのパーティ……それをどうするか？　初めは仕事で知りあった人でもいい。初めに感じのいい友達の何人かを選んでパーティをする……その時の条件でいちばん大事なことは、若い友人か美しい恋人を必ず同伴すること……という条件なのである。いつも同じパートナーはダメ。

パーティを開くたびにお互いが何人かの新しい友達と出会えるという点が素晴らしいわけで、そのための出費ならたとえ四、五万の出費は決して惜しくない。パーティのコツだが、決して突っぱって余計な費用をかけ過ぎないこと……たしかに豪勢なごちそうなどは客を単純に喜ばせるが、知らず知らずに相手の心の負担になっていることが多いのだ。

そして二度目からは招ばれた客が、お酒だの花だのの手みやげを持ってくるようになるだろう……もうそうなったら失敗なのである。誰でも気楽に招ばれてそして手ぶらでやって来れるのが最高にシックなのだ。

たとえば気楽にやれるパーティをお互いに半年に一度やるとして、そんな仲間の十人もいれば、年に二十回のパーティを持つことになるだろう。つまり毎月一、二度はあらん限りのオシャレを楽しむ機会を持つことになるわけ。

よく日本の大人には夜のドレスを着る機会がなくて……なんていう声も聞くが、実をいうと、こういう機会を自分で作ろうとはしないのである。オシャレというのは何故か公式のところに、まるで相手から強制されたような形で行われるもの……と思い込んでいる人も多い。強制されずに自ら楽しんでする積極性なぞは、キザだの何だのとかえって評判を落とすくらい……そんな遠慮が私たち日本人の心の底にあったら、まずそれをフッきらなければならない。

ハタチ過ぎたら

招ばれるだけならパーティもいいけれど、いざ自分がやるとなるとその準備やら後片づけが大変……それを考えるとウンザリしちゃうというのが本音だ。だからパーティが好きで日常化しているあちらのホームパーティはとても簡単なのを何度か見たことがある。

たとえばこんなふうに。私が偶然にラジウム卵を発明した時だから、たぶん二十年以上も前……パリに着いてホテル暮しをしてる時だった。ルーヴルという小さい百貨店であのコーヒーメーカーという小さな器械を買った……そんなもの、まだ日本にはなかったから珍しさもあった。どこもホテルでの煮炊きは禁じられているので、私はこっそりとコーヒーを入れてみたり、時には単なる湯沸しとして使用したりしたのだが、ある日その湯の中に卵を一個入れ、忘れた。二十分くらいたって出してみるとそれが何とラジウム卵となっていたのであった。私はすっかり喜んでしまい、それから何日もラジウム卵を作っては食べたのである。ある日当時ジヴァンシーにいた三宅一生君がやって来て、

「セツさん、こんな面白いものが出来るんなら、みんなを招んでパーティしない？」

だと。

そして、十人も集まったろうか……つまりそれはラジウム卵の会……それ以外には安いワインだけ。もちろんコーヒーも出したけれど。みんなは大いにそれを喜んで味わい、一晩を大いに楽しんだのである。たぶんあの時フランスの女の子を連れてケンゾーもやって来た。

彼女はすっかり私が気に入ったらしく、後で日本に来た。そして、セツ・モードセミナーに入学することになったけれど……スゴくおしゃれな女だった。当時流行していたジプシー風のゾロっとしたドレスがよく似合って、私ははじめ本物のジプシーかと思ったのだ。昼間はケンゾーと同じデザイン会社につとめながら、夜ともなれば思い切り変わったオシャレをする。そして自分の新しい人生に挑戦するといった姿勢だったのだ。

大人のパーティでいちばんのごちそうは決して豪勢な食べものではなくて、彼らが連れてきた若い美しいパートナーでなければならない。しかし若者たちはそこであらゆる大人たちの世界を覗き見するだろう。もし自分を気に入ってくれる大人がいたら、そこからは絶えず何ものかを盗みとろうとしているように見える。そして大人はいつもそれを待っているのである……愛は惜しみなく奪うというが、そこに大人と若者との断絶などはありようがない。今までもヨーロッパの若き芸術家たちが、どれほどたくさんこうしたパーティでよき先輩たちとめぐり会えたことか？　その歴史や伝説を数え上げたらキリがないほどだろう。

日本ではパーティというと、その狭苦しい住宅事情もあって、ほとんどがホテルを借りる大パーティを想像してしまうが、まあこれもそれなりに効用はある。それだけたくさんの、数えきれないくらいの人たちの中から、時には飛び切りの上ものを見つけたり……。しかし人数が多過ぎることで出会いの密度はそれだけ薄まってしまう……ほとんどが一過性だ。しかしうまくその機会にとりいって、次には小さな自分のパーティに相手を引っぱり込もうという二段構えでこそ、はじめて人と人との濃密なほんとの関係が作られる……というものだ。

それでは最後にこんな小さなパーティを成功させるコツを思いつくまま箇条書きで

……。

①費用をかけ過ぎて後で後悔することがないように。半年に一度くらいは又やりたくなるように。これが長続きのコツ。

②お酒は少しだけ。絶対にすすめたり、注いであげたりはしないで、何本かのボトルをテーブルに置いておくだけ。飲みたい人は勝手に飲む。

③もし酔っぱらう人がいたら、その人は厳しくマークして誰も二度とはパーティに招ばないこと。酔っぱらいはみんなの楽しい会話をメチャメチャにする。

だからもしお酒が切れたりしても、絶対に酒屋にとんでいったりせずに、知らん顔。

④手みやげは持っていかないこと。貰っても持て余すだけだ。主催者が用意してくれたものが、たとえ少なめでも常にそれでよしとする。だからもしパーティの前にひどく空腹だったらちょっとオソバくらい食べて行く心がけは常識。

⑤最高のごちそうは、食べものではなくて人間こそがごちそうなのだから、少しでもおいしそうな人間を出来るだけたくさん集める……主催者はその点にいちばん頭を悩ますこと。

⑥参加者は、われこそは最高のごちそう……といわんばかりにあらん限り美しい人間となっていくのだ。

服装は目と目の最初のコミュニケーション……それはどんな丁寧な挨拶にも勝る。自分が即ち華なのだから、何もその上に安っぽい花など持っていく必要はない。

⑦もちろんカラオケは絶対にしない。

知的な会話がニガテな日本人は、人が集まり酒を飲むと必ず唄を唄い出すようだけれど。ダンスのとき以外は音楽もないほうがいい。ＢＧＭがないと気分が出ない……という人は安っぽい人。

パリのお招ばれ

パーティはいやだった

もう二昔以上も前の話。

めったにはないことだが、たまに西洋人のパーティに招ばれたりすると一瞬は喜んで「メルシー」などといいながら、次第に心が重くなってくる。そして結局は何か口実を考えてうまくことわってしまうのだがそれは今も同じ……フランス語がよほどペラペラで、口論好きの人たちの輪の中に進んで入っていくことなどとても出来ないからだが、もともとお喋りの私がじっとおとなしくして人の顔ばかり見ている苦痛は、みんながいい顔をしてるならまだしも耐えられる。耐えられないのは黙っている私をとても気にする周囲の人の優しい心遣いなのだ。彼らはナゼ、あのように沈黙を気にするのだろう？　とびっくりしてしまったのは昔私が初めてフランス人に招ばれたときのこと。

私を招んでくれたマダムは責任上私のすぐそばに坐ってしまった。そしてまるで通訳のように、まるで子供にでも話すように、とてもゆっくりした易しいフランス語に置きかえる役目を買って出るのだった。私がだいたいどのくらいのフランス語なら聞きとれるかを感じとって、しかも分かりやすい別のフランス語に組みかえが出来る人なんてそうめったにいるものではないだろう。彼女の努力のかいがあってか、その場は何とか私も切り抜けたのだった。みんなも私に優しかった。

でも私は独りホテルに帰ってから、もうフランス人のパーティなんかコリゴリだと思ったのである。すると二、三日後にくだんのマダムからの電話で又招ばれてしまった……ナゼだろう？

私がそのマダムと出合ったのは、たしかシャンゼリゼ通りからフランソワ一世通りの方にいくつか曲がった小さなクラブだった。数年後に再びそのクラブを探してみたのだがもうみつからなかった。そこへ私はどうして行ったのか？　誰に連れられていったのかも覚えていない。他の日本人といっしょだったという記憶もない。私が覚えてるのはカウンターに坐っていちばん安い飲みもののビールを飲んでいるときだった。いつの間にか隣にいた見知らぬ婦人から話しかけられたのである。私よりも年上のような上品なオバさん風で、決して美人の人には見えなかった。

おきまりの「あなた日本人？」から始まって私の一応の素性は洗われてしまったが、うっかり彼女について私は何も訊かないでしまった。ちょうど私がパリにやってきたばかりで、「ジャルダン・デ・モード」誌のイラストなどを頼まれたときだから、すっかり得意になって語ったに違いない。彼女は私にも高級スコッチなどをすすめて「ステキ！」といった。ケチだと思っていたフランス人におごってもらってすっかりボーッとなった私……。

フロアではダンスが始まっていた。それはその当時やっと流行しだしたツイスト。そのツイストをさっきから休まず踊り続けている一人の細い美青年に私の目はひきつけられっぱなし……するとは突然のようにマダムが私の耳許で囁いた。

「彼の名前はクリスチャンなのよ」

図星を突かれてびっくりする前に私の顔は恐らくまっ赤になってしまっただろう。しかしカウンターのあたりは幸いにして薄暗かったのである。

「明日の夜に、もしヒマだったらぜひパーティにいらっしゃい……クリスチャンも誘ってあるのよ」

次の日の朝私のホテルにマダムからダメ押し電話があった。私は西洋人たちのパーティに招ばれたのは初めての経験で不安だった。

「……それでパーティには何を着ていったらいいのでしょうか?」

「それはいつものとおりでいいの、昨夜のセツの黒いプルオーバーとスリムのズボンはとても素敵だったのよ……」

なんて、もう「セツよばわり」されているのであった。私のホテルからはモンパルナス大通りを駅から反対の方に、つまりリュクサンブール公園入り口の方に向かって五百メートルも歩いたところに、洒落た男もの専門のブティックがあった。そのブティックの下がサロンだった。

五十号くらいのモダンアートが何点か壁面をおおっていたが趣味は悪くなかった。むき出しのキチネットやバスタブなどもコーナーに見え見えでレイアウトされているのが珍しい。特に花やごちそうなどが並んでるわけでもなく、隅に何本かのボトルが出してあるだけだ。先客たちの中には勝手に自分でグラスについで飲んでる人もいて気のおけない雰囲気である。ポツポツ入ってくる人たちはみな美しい知的な男女のカップルばかりで、独り者は私だけみたい。マダムはいちいち私を彼らに紹介するのだが「アンシャンテ」といって握手したらもうそれで終り、あとが続かないのだ。プロフェッスール、詩人、画家といった人たちがほとんど。

人間ごちそう

その日はわりに簡単だがおいしい食事もあって、それが終わるとみんなはレコードをかけて踊り出していた。まるで昨夜のクラブの続きのように、クリスチャンも長い脚や小さい腰をひねりはじめていた。

驚いたことにはツイストが終わってチークの曲になると、それまでの男女のカップルは急に同性同士に変わっていた。男同士、女同士が陶然と目をつぶって静かに体を揺さぶっているだけ。その時だった。私がすでに髪の薄くなった一人の中年紳士に紹介されたのは。

彼はパリではかなり有名な美術評論家で、モダンアートについての著書もあり、しかも何とあのマダムの亭主だったのである。それで壁の抽象画も納得がいったわけだが、彼はいきなり私に「踊りましょう」といった。男同士のチークなんかいやだとか、恥ずかしいとかの気持ちがないわけではなかったが、現に私の目の前でそうした何組かが踊っているではないか……「ウイ、ムッシュー」

私はこのムッシューにすっかり気に入られてしまったようである。私はもともとダンスが非常にうまかったからだろうか？　年のわりにねばっこい彼の圧力が、私の胸や背中や、ときには私の腰のあたりにもしきりに伝わってきた。

自分の立派な画廊をサンジェルマンに持ち、新人の若い美しい芸術家たちを育てて売り出すのが彼の生業だった。私が「ヴェルニサージュ」というものを知ったのも、実はその後彼に何度か招ばれたからである。

パーティに集まる人たちはクリスチャンを始めスノッブな美しい人たちばかりなので、私もいそいそと招ばれるままに毎度出かけていった。いつもは特別のごちそうなど何も用意されてるわけでなく、ちょっとした飲みものやおつまみくらいで、それでヘタすると夜明けまでも楽しい時間が続く……そういうパーティというものが少しずつ私にも分かってきた。日本式ごちそうの宴会などよりはこのほうがずっと経済的でずっと知的だと分かってきた。どんなごちそうよりも、美しく知的な人間をたくさん用意するのが何よりのごちそうだということも……。

それだけに話のつまらない人や日本式の飲んで酔っぱらったりする人はもうどのパーティからも声がかからなくなってしまうだろう。それにしてもこれほどフランス語の下手な私はそこでいったい何なのか？　という不安はそのまま続いている。彼は私の絵に惚れたのかというとそれはまだ一度も見せたことがなかったのだし。

そして私がひそかに憧れていたクリスチャンが、どうした風の吹きまわしかある日突然私のホテルへやってきたのだった。

「マダムがセツの絵をとてもほめていたし、ぜひ見せてもらいたくて……」と。彼はサンローランのデシナトゥールだといい、先に自分のデッサンを出して見せるのだった。正直いうとそれは私のよりはちょっと下手だったのですっかり安心してしまった。

私が達者に日本の毛筆で描きなぐった男女のデッサン・ド・モードを、彼はとても真剣な顔でいつまでも眺めていたが、それまでは私など振り向きもしなかった彼は、その時以来ずっと私に近づいてきた。そしてしばしばサンジェルマンデプレの穴蔵やシェルシュミディの有名なホモバー「フィアークル」などへ連れていく。二人は一時ほとんど毎晩のようにあの辺りを徘徊したのだ。

私は彼の美しい顔や姿にばかり惚れるのに、フランスの美青年は人間などよりもデッサンのほうに惚れるのかしら？　なんて私は考えた。

当時のパリはＯＡＳというアルジェリア独立反対の右翼が暴れ回っていて、治安が極端に悪かった。ＯＡＳ反対の街頭デモで何人かの学生が死に、市民がその葬式デモをやろうと、マダムのサロンでもいつもの仲間たちは、昨夜から夜明しのパーティでその日の朝に備えていたのだった。軟派だった彼らが意外に硬派でもあることを知って私は大いに喜んでいた。

するとマダムがいった。

「でもね、セツはエトランジェだから絶対にデモには出られないわ……。今朝はメトロもホテルも電気もエレベーターもみんなストライキだから、一人でこれを持って、おとなしく部屋に帰るのね」

と、ローソクやらチーズやらを持たされた。

メトロが止まってる以上はみんなで歩いてレピュブリック広場まで行く……といっても出発にはまだ時間があり、夜明しですっかり話題は出尽くしてしまったのか、そんな時間のスキマになぜか私の年齢が話題になっていた。

そしてムッシュー美術評論家の愛した東洋の美青年は何と彼よりも二つも年上の中年だった……ということがすっかりバクロされたのであった。何も私は初めから年を偽ってたわけではなく、訊かれれば正直に答え、パスポートまで出して見せたのだが、その瞬間ドッと仲間たちの大笑いが爆発した。そしてムッシュー一人が憮然とした顔をしながら、私にはニッと照れかくしのウィンクを送ってよこすのだった。

日本人はとかく若く見られがちだが、私にはフランス人がこんなにフケて見えるのも驚きだった。どうも初めからすべてがオカしいとは思っていた。あのバーでマダムが私にアプローチしたのは、実は背後でその亭主がこっそりと糸を引いていたのだということも、何やら少しずつ見えてくるようだった。

マチスの絵を飾らないわけ

つぶれたモナカ

春、秋の年中行事としてプレタポルテのコレクションが開催される。毎日いくつものショーを二週間立て続けに見せられると、溜息とともに「ファッションって大変だナー」という大ざっぱな一言が出てくる……。

何が大変かと思ったら、デザインというのはいわゆるアートと違って、あらゆる実用の制約を受け、自由にただ美しいというだけには参らぬその窮屈さだったのだろう。メンズのショーが一通り終わった四月二十日の正午、私は重い絵の道具箱をかついでもうエールフランス機の中にいたのだが、まるでファッションの国から逃げ出し、自由なアートの国へ旅立つみたいな解放の気分だったのである。

一人旅ならたいていはファーストクラスなのに、今度はそうはいかない。生徒たち百人もと一緒でツーリストクラス……しかも全員が大きな画板や絵の具箱を客席まで持ち込んでるので窮屈この上ない。脚がのばせないから時々通路にとび出しては背のびをする始末なのだ。

客席はどこを見ても毎日出会ってる顔ばかりで代り映えがしないけれど、気楽さからいったら百点満点でまだ外国旅行の気分ではない。それなのに女の子ときたらもうすっかり海外旅行の気分で「センセ、日本のおせんべ食べる?」なんていってる。まだ成田を発って一時間もたっていないというのに……とにかく女の子って一時間もモノを食わずにはいられないのだろうか? 私など手荷物をなるべく小さく軽くすることばかりしか考えないから、おせんべを用意するなんては想像もしないのに、あの子たちのバッグの中身は恐らく大半がそれらのもので詰まってるにちがいない。

「センセ、そしたらつぶつぶあんこのモナカはどう?」なんて手をのばしてる女の子もいて、大いに私は閉口する。

「こら! 飛行機の中であまりセンセ、センセっていうなよ」と私はおこるのだが、つぶつぶあんこのモナカといえばパリとは密接な関係があったのだ。ちょっと前の話……私が誰かにもらったそれをその時すぐは食べずに、ポケットに入れ忘れていたつぶつぶあんこのモナカ一つ……それが何日かたってセーヌ川岸のキャフェにいた時、いきなりポケットから出てきたことがあった。近頃のモナカは昔と違ってビニールか何かに一つずつきちんと包んであるからだが、それはいつの間にか私と一緒に日本から飛行機でパリまでやって来たわけだ。

フニャッとするものがあるから何だろう？　と思って恐る恐るテーブルに出してみるとすでにモナカの原型はなく、まるで田舎道に落ちてる馬糞みたいにつぶれていた。

「エッ？　ひょっとして、これモナカだよ！」といっても、その時一緒だったユミ・シャローやフーチまでが、

「まさか？」といって信じなかったほど。モナカの皮がバラバラにくだけ、黒いあんこが表面にはみ出しているのだから無理もない。

私はビニールのまま三つに分けて配ると、まず勇敢なフーチが一口食べ、

「これはおいしいわ……わたしはモナカって嫌いだし、特に皮がイヤだったんだけど、これちっとも皮の味がしないのよ」

私も実はそうなのだ。つぶつぶのあんこは大好きでも、あの乾いたモナカの皮が上あごにへばりつく時のいやらしさ。だからあの時すぐには食わなかったのだ。

「ほんとだネ。モナカって、いつもわざとつぶして手でもんで、あんこにまぜちゃって食ったほうがうまいんだよネ……」

そこへビールが来た。彼女たちは紅茶を飲んでいる。夏というのにセーヌの夜風が寒かったけれど、その時バトームーシュ（遊覧船）の照明が突然ノートルダムを闇夜に浮かび上がらせたのである。

「ウワッ！　きれいノートルダムが……しかしビールとモナカって想像したよりもずーっとよく合うんだネ」

と私はその時の感動を訴えた。

……だから私はその女の子にいってやったのだ。

「そのモナカはネ、パリに着いたらキャフェでビールと一緒に食うと実にうまいんだよ。それまで大事にしまっておきなさい」と。

そのうちに通路で出会うスチュワーデスまでが「セツ」の生徒みたいに思えてきたのは、彼女たち、いつの間にか日本語を覚えたらしく、私をセンセ呼ばわりするのだった。

食事が出たので、私はスチュワーデスにブドー酒の赤を注文したのだが、彼女曰《いわ》く、

「センセ！　ボルドーとボジョレーと、どちらがお好きですか？」

シルミオーネは雨だった

パリで飛行機を乗り換えて、イタリアはガルダ湖畔のシルミオーネに着いたのが翌日……そこが寒くて雨が降ってるなんては想像もしなかったのである。

セツの海外旅行というと目的は観光よりも風景写生なのだから、大都市よりも絵になるような田舎巡りとなる。だからコースは私が決める。ヴェニスと南仏のヴィルフランシュは欠かせないモチーフだが、いつも同じでは第一に私が飽きてしまう。どこかまだ私の行ったことがない一か所を追加するのだが、果たしてそこが描けるかどうかは着いて見てみるまでは分からないという賭でもあった。絵のためには一か所を四泊五日の滞在が原則だから合計三週間でそうあちこち廻るわけにもいかないのだが……。

地図によると、アルプスが南に向かって開けるイタリアの山あいには大きな湖水が散らばっている。そのルガノ湖やコモ湖は知ってるがガルダ湖というのは行ったことがない。そこに何故注目したかというと、この湖水にまるで突然男のでっかいチンボコのように突き出した半島の奇妙な形からだった。そのつけ根からとっ先までの全部がシルミオーネという町になってるという不思議さ……きっとこの町は面白いにちがいない……きっと絵になる所もいっぱいありそうだという私のカンだけが頼りで、そこに百人（正確には八十九人）もの日本人が押しかけたのだから、びっくりしたのは私たちよりもシルミオーネのほうだったらしい。

雨の合間を見てはたくさんの若い日本人があらゆる方面に散開して絵を描きはじめる姿は大いに目立ったらしい……ついに最後の日はシルミオーネ副市長がホテルに訪ねてきて「今晩は市で皆さんの歓迎パーティをしたい」と申し込むのだった。

毎日の雨降りでかなりクサってた私は大いに喜び、その日は乞われるままに、みんなが描いた絵の一点ずつを持ちよってカクテルパーティに臨んだのである。絵をとりあえず会場の壁にはり、市の有名人やドレスアップした貴婦人たちがそれを眺めながらわれわれを歓迎してくれた。テレビが入り、新聞記者が来て、「何故日本からわざわざここまで来たのか？」をフランス語で私に問うが、まさか地図の形がチンボコみたいで面白かったとはいえないのである。口ごもっていると、市長から大きな銀のメダルを渡されていた。

私のカンはさほど狂ってはいなかった。もし天気さえよければ、もっとたくさんの傑作が描けたかもしれないが、それでも一枚だけはいいのが出来たようである。

この細長い半島のいちばん細い所に立って左右に首を振ると、同時にどちらにも光った湖の色が見える……なんて、こんな変わった町は今まで見たことがないのだ。湖畔には可愛らしいホテルがぎっしりと並び、どれも湖に突き出した広いテラスを持ち、恐らく夏ともなれば、そこは日光浴の裸体に埋まってしまうにちがいない。

真ん中の曲がりくねった細い石畳の道の両側は、レストランやおみやげ屋が軒をつらねる。ちょっと江の島みたいでもあるが、古い石造りの建造物がキレイだからさほど気にはならない。気になったのはその細い道ぎっしりに絶えることのない人の波……ちょうどこちらの修学旅行シーズンでもあったのか、先生に引率されたガキどもが毎日毎日後をたたないのだ。これがどれだけ私たちの制作を邪魔したことか、イーゼルを立てて描いている女の子を群集が丸くすっぽり囲んでしまって、何も見えなくなってしまったという生徒たちがいっぱいいた。

中には千リラ（百円くらい？）の札一枚を顔の前にちらつかせ、その絵を売ってくれないかというお茶目も多かったのだそうだ。実は私も何度かやられたが、その度に恐ろしい顔をしてグッと睨みつけてやる。するとガキどもは次第に減っていくのだった。パリでは街中で描いていてもめったにそんな目にあうことはないのだが、イタリア児はずっと人なつこいみたいだ。パリではむしろ群がってくるジプシーの子供がとてもコワい。もっとも今度のパリでは街でセツの子に出会うとジプシーのほうが逃げたらしい。雨のために絵の具のとび散った姿で、大きな絵の道具をつけ、キャリーを引きずって歩く日本人の一団は、ジプシーよりももっと迫力があったにちがいない。

夜のディナーでは話がはずむ……

A子「ジプシーだけじゃないのよ。逃げたのはよその日本人グループ……私たちとすれ違うときはショルダーを両腕にギューッと抱きしめて私たちを見ないようにして行っちゃうんだから……」

B子「私は雨が降っても絵の具が流れるままに描くという新しいマチエールを発見したのよ。だってシルミオーネからずーっと雨の降らなかった日って二日しかなかったでしょ。いちいち雨で逃げてたら今度は一枚も描けなかったわよ。だから見てよこのシャツ、血がとび散ったみたいに絵の具が顔まで……ノートルダムの所でお巡りに尋問されちゃったんだけど何いってるか分からなくて。パスポート見せろだって。だからホテルに置いてきたといったの。どこのホテルかっていうからホテルカード見せたら四つ星でしょ。信じられないって顔して私と見比べて、そして尋問は諦めたみたいよ……」

今まで雨には全く出あわなかった四月から五月にかけてのヨーロッパ旅行だったが、今年の異常気象では、大いなる番狂わせとなったのである。ひょっとしてそれは、チエルノブイリ爆発のせいではなかったのかと、今、とても不安なのである。

（一九八六年五月記）

アートでは食えなかった

今時「風景を描く」といったら、ほとんどの専門家は小さなスケッチブックに短時間で描きとめる水彩とかパステルの素描を思うかもしれない。しかし私たちの風景写生はこれらのやり方とは全く違う。半切から四六判全紙の大判を戸外に持ち出し、現場のモチーフを目の前にしていきなり水彩で大作のタブローを描き上げる作業なのだ。油絵にしたら二〇号から四〇号以上の大きさだろうし、これをイーゼルに立て掛け、パリの街中だろうがサン・マルコの雑踏だろうがかまわずやりとげるわけだから大いに目立つのである。しかし恥ずかしかったり、照れ臭かったりするのはやりはじめのほんの一枚目だけで、二枚目からはまわりの群集など全然気にしなくなるから不思議なのである。でも下手クソな人はやはり恥ずかしいだろうと思うかもしれないが、ある下手クソな女の子にきいてみるとやはり平気だという。「だって、どうせみんなも下手クソなんだから……みんなでやればコワくないわけよ」

初めこそ二、三人が寄りそうようにやっているのが、しだいにあっちに一人、こっちに一人と散らばって、図々しく無我の境に入るのだった。ちょっと照れちゃうのはやはり地元の似たようなイーゼルを立てている「おみやげや」画家たちで……彼らがたくさん散らばっているサン・マルコ広場はイヤ。広場から海を隔てて遠くにサン・ジョルジョの塔を眺める構図はいつもスバラシイと思いながら、ついまだ一度も私は手にかけていない。

決してなにも「おみやげや」さんと間違えられそうなのが照れ臭いわけではないのだけれど、こちらの絵はとてもあんなコギレイにはいくわけがないのだし、下手すると「もぐり」と思われ、ケチでもつけられやしないか？　とコワいのだった。だからもちろんパリのモンマルトルで、あのテルトル広場はどんなに楽しそうでも、あそこで絵の具を出したことはまだ一度もない。

それでも通りすがりの人で「それは売るのですか？」と本気できいてくる人がたまにはいる。子供のひやかしと違ってそれが立派な紳士だったりすると、私はドギマギしてしまう。もちろん丁重にお断わりするが、それは日本でも同じなのだ。

気に入った作品のある程度の点数がまとまったとき、私は銀座で個展をする。二、三年に一度のワリで友人を招待するが全部非売品なのである。中には買いたいという人も出てくるがやはりお断わりするしかない。第一に、私は自分の愉しみで描いたものがいったいどのくらいの商品価値を持つのかについては判断がつかない。最初から商品価値などないものと思ってるし、もし千円でももらったらドロボーでもしたようなイヤな気分になるにちがいない。とても私の絵は「号いくらいくらです」なんてまるで公定価格でも決まってるみたいなセリフは、恥ずかしくて出てこないのである。

それは何か私の出生が百姓だったからではあるまいかと思ったこともある。昔から物を売り買いするという環境が全くなかったからだが、大人になってからもたとえば戦争中の闇物資時代などでも、友人に何かを分けてやるのにやはり恥ずかしくてお金がもらえなかったのを覚えている。

たとえば友人のワイフがお産の湯を沸かすのにガスが出なくて、炭がいる……といった時もそうだった。私は配給の炭俵を全部あげてしまい、自分は火の気のないアトリエで我慢した。というと立派だが必ずしもそうではなくて、寒くなると夜中に外へ出かけていき、燃えそうな古材や何かを集めて、ダルマストーブにぶちこんだ。

大絵かきになるつもりだった私がいつの間にかイラストレーターになってしまった大きな理由にもそれが多分にあった。雑誌社から頼まれた仕事なら、こちらが黙っていてもいくらかの代金が必ず支払われるような仕組み、これは大変に有難いことだと当時考えたのである。でないと私は自分の絵をどうしても誰かに売りつけなければならないだろう。じっといくら待ってても買いに来る客は一人もいないだろうし、まさかこちらから作品を持ち歩き、押し売りするわけにもいかないではないか。その頃になってやっと自分が芸術家になったのは大いなる誤算だったと気づいたのである。よく霞食って生きるなどというが、一般に昔の人はノンキだったのかもしれない。絵さえ上手になればいずれお金は黙ってても入ってくるのではないかと、あまり先のことまでは考えなかったようだ。

私が日本水彩画会の会員になったのはとても早かった。文化学院美術科をおえて間もなくの頃、つい先だってまで教わっていた石井柏亭先生と同じ審査員席に並ぶのだからとても照れ臭いわけ。その頃のことだが、「でも審査員になったらいくらもらえるの?」という画壇オンチの友人にきかれて大いにまごついたことを覚えている。もらうどころか、会員に昇格したら年会費を必ず取られるのである。それでもなるべく早く受賞して、一般出品から会友だの会員だのと階段をのぼりつめたいと願うのが絵かきなのだ。

戦後は日本水彩画会をやめて「水彩連盟」という新しい美術団体に入ったが、このほうは出来たばかりのせいぜい四、五人の同人のくせに、都美術館で公募展をしようというのだから一人当りの年会費もずっと多くなった。その時、「審査員になったらお金をいくらもらえるの?」という友人の言葉をふと思い出したのだから、人のことは笑えないのである。しかしこの四、五年はこの会も休会とした。これまでは想像もしなかった仲間の縄張り争いみたいなのに巻き込まれそうになり、それがイヤで逃げ出したわけ。

所有価値もないアート

生まれて初めて「新女苑」という雑誌から稿料をもらった時は、急に大人になって天下でも取ったような気になったものだ。まだ学生時代だった。いくらだったかは忘れたが正直のところ「こんなにたくさんもらっていいのかしら?」と思った。たかが安い画用紙の上に墨汁でペンがきしただけのものなのに……と。学院の先生だった阿部知二の短篇小説に三、四枚のイラストをつけたわけだが、時間として正味十時間もかからなかったろう。「新女苑」の編集長という人が当時としてはちょっと進んでる人だからよかったのだ。従来の挿絵画家の挿絵よりも、たとえば猪熊弦一郎や脇田和といったモダニズムのデッサンを挿絵として使うのが好きだったようで、ずっと表紙は小磯良平だった。やがて私も新制作派展に出品したり、受賞したりしたが、まるでふだんのデッサンみたいなものがそのままお金になるなんてはそれまでは考えられなかったのである。今の私のデッサンはかなりリアリズムになったが、当時はまだ若かったし、気取ったデフォルマシオンはもっと激しかったのである。しかし時には編集長から「ダメ」も出た。そんな時のダメはいつも私の描く女の顔のことで「も少し顔がかわいくならないの？　絵と挿絵とはやはり違うんですよ！」と、親切に教えてくれるのだが、しかし若さというのはこんな平凡で大事なことがなかなか分からないものなのである。心の中で編集長を恨み、軽蔑し、「やっぱり芸術の分からない人ってのは困るんだなア」なんて、声には出さずに心でつぶやくわけ。それでもお金が欲しいばかりに黙って家に帰り、また描き直しするのだけれど、なかなか編集長のいう「かわいい女の顔」が出てこなくて苦労したものだ。「脇田和なんかあんなへんちくりんな顔でもちゃんと通ってるのに、なんで俺のほうはいけないんだろ？　……やっぱり早く偉くならないと損だナア」なんてブツクサくよくよするのだ。

だからみじめな気持ちで少しでもかわいらしい女の顔を見つけ出そうという苦労をどうにか支えてくれたのが、やはり絵を描くことの意地……意地でもいい絵を描いて、展覧会で受賞でもすると、見返してやったみたいにすっかりいい気分になるたわいなさ。

気がついてみると、いつの間にかアートは、私にとってかけがえのない心の支え……というといかにも聞えはいいのだが、私のいちばん贅沢な道楽、ないしは唯一のレジャーと化していたのであった。自分では画家と称しながらほとんど絵を売ったことがないのだから常識としてはとてもプロとはいえないだろう。

だからあなたの職業は何かときかれるといつも口ごもってしまう。雑誌の仕事にかかわったのが縁で、いつの間にかイラストやエッセイ、更にファッション関係でもイラストからファッションディレクターまで、さまざまのことをやらされてしまっていたからだ。

「やれ」といわれるとつい何でもやってしまったわけだが、絵だけは誰にも「やれ」などといわれないでやってきた。それなのにいまだにプロとはなれなかったのだから悲しい。

その点をも少しハッキリいうと、私は絵かきのプロにはなりたくなかったのかもしれない。

アートは誰に頼まれるのでもなく、ただ自分の喜びのために描くのだからいわば自由な遊びみたいなもの……。それが世間では商品となり、知らぬ間にどこかの金持ちのお座敷や応接間に飾られることになる……と想像しただけでもう私は不安になってしまうのだ。果たして私の絵にそんな装飾価値があったのだろうか？　と。私がただ自由に遊んだ残りカスに、たとえどんな価値が附随したとしても私の責任とは思えないが、それをアトリエに持ち帰って額縁に入れてみると、確かにいいものと悪いものの差ははっきりする。

こうして壁面に陳列し、鑑賞する鑑賞価値と、応接間の装飾価値とは全然次元が違うのである。だから私は作品を並べて皆さんに見せ、ほめてもらいたいとはすごく思うのだけれど、皆さんに買ってもらいたいなどとは少しも思わないのだ。

アートにはいいか悪いかという価値判断があるだけで、何の実用価値もないと今でも思ってる私。いまだに絵を部屋に飾ったことがない。それは自分の作品もだが、自分の大好きな作家のものでもである。惚れぼれするようなマチスの油絵をもしもらったとしても、部屋に掛けて眺めたいとは思わないだろう。三日も掛けっ放しにしたらきっと振りむきもしなくなるにちがいない。だからマチスが見たくなったらわざわざ美術館に見に行く。たとえばそれが外国だったら飛行機に乗ってでも見に行くのである。見てるのはたった三秒でもいい。

それは恋人についてだって全く同じことがいえるわけで、私はどんなに惚れた人でも、それを自分で持ちたいとは思わなかったようなのだ。会いたくなったらどこまでも、たとえ飛行機に乗ってでも会いに行くだろうが、それならいっそ結婚していつもそばにおいておけば……というふうには私の心の中でうまくつながらなかった。昔からそうだったのだ。

つまりアートには所有価値さえもないといいたかったわけだが、これが現実には財産価値になったり、骨董価値になったりしているのだ。それは私にはまるで関係のない世界なのだけれど。

気ままな一人旅。

マジョルカ島にて

コート・ダジュール

ひまなときに地図を拡げているとつい時間を忘れて何時間も経ったりする。とくに海岸線のいり組んだ湾や入江……岬にかこまれた漁港やその小さな町などは私の空想を止めどなく繰り拡げていくからだ。

それでこの前にはアドリア海の島々にひかれ、ユーゴまで足を延ばしてしまったが、今度はスペインの島マジョルカなのである。ニースから飛行機で一時間ちょっと……つまり地中海のほぼ真ん中に浮かぶバレアレス諸島……その中でいちばん大きいのがマジョルカ。

しかし知らない土地、しかも言葉が通じない国へ独り旅するのは多少不安なのだ。ヴィルフランシュからニース空港に二時間も早く着いてしまったのは、やはりその朝早くから、いたずらに心が高ぶっていたからに違いない。

夏のバカンスといえばバカの一つ覚えみたいにパリからコート・ダジュール……ニースからちょっと離れたこのヴィルフランシュへ、ここ何年かいったい私は何度同じことを繰り返したかと思うので、ついちょっと冒険というわけ。

実はヴィルフランシュも地図でみつけた町なのであった。カンヌ、ニースからイタリア国境のマントンに向かって海岸線をいくと、つい知らぬ間に通り過ぎてしまう小さい町だからだ。ところが地図で見ると、ニースを過ぎたあたりから急に地形が嶮《けわ》しくなり、アルプス山塊がいきなり海に落ち込んだような湾がある。落ち込んで勢いが余ったのか、一部が大きく海中にせり出して、限りなく海岸線を複雑にしてしまったフェラ岬……フェラ岬に包まれたこの深い入江は昔から波の静かな良港として栄えたらしいが、今でも旧港にはピンク色の、まるでおとぎの城のような古い税関が、コバルトの海に浮かんでいる（久しぶりでショーン・コネリーが出た「007」のラストシーンには突然この税関が出てきたのでびっくりした。そのせいか今年はピンクをいっそうキレイに塗りかえてあった）。税関を陸地から見下ろすようにホントの古い城砦《シタデール》があって、ここが今はヴィルフランシュ市役所。だから今では誰もこのシタデールの中へ自由に入れる。夏の広場では夜十時から野外映画館だ。九時半ではまだ空が明るくて映らないわけ。……夜の食事をゆっくりすまして出かけるのにちょうどいい時間である。雨が降ったら？　と心配するのは無用。夏はほとんど降らないのだ。

ニースなどを見ても分かるように有名な観光地はどこも新しいコンクリート建築の高層ホテル群が立ち並び、すっかり情緒を失ってしまったが、ヴィルフランシュはまだ救われている。山の上へ上へと崖にへばりつくように建つ金持たちの別荘もまだ風景を壊してはいないが、大きなアパートやホテルが出来るといっぺんに景色をダメにしてしまうから不思議だ。新しい今の建築デザイナーたちはどうして風景を知らないのかといつも思うのだけれど……。

まだイタリアの面影を色濃く保っているコート・ダジュールの古い漁港はどこも絵のモチーフとしては絶好なのであるが、穢《よご》れた石壁の民家に挟まれて、陽の当たらない坂道や石段が迷路のように曲がりくねる……その間に思いがけない小さなテラスのカフェやレストランが点在するから嬉しい……。日蔭でもゼラニウムやブーゲンブリヤが、それにハイビスカスまでが至るところに咲いているのはなぜだろう？　そして真夏だというのに涼しい海風が吹き抜けてまるで汗をかくことがないのだ。

コーヒーはホテルでも路地の小さいバーでもだいたい五フラン（百円）台。だから今度はアイスクリームが意外に高かったのでびっくり……いつも立ちよる海を見下ろすテラスなのだった。

「これいくら？」

「二十一フランです」

「えっ？」

　私の怪しいフランス語ではアイスクリームの注文のときにいつもまごつくのだった。

「ユヌ・グラース、シル・ヴ・プレ」

　つまりアイスクリーム一個といったのにきっとカップに三個ほど山盛りになってくるのだ。初めに「何の香りの？」と必ずきくから、たとえばカシスならカシスだけ一つ……とちゃんと強調したつもりなのにいつもカシスだけ三個になってしまう。とても一人では食べ切れない……これを正しく一個だけ求めるにはどういったらいいのか未だに成功しないのであった。

　それに計算が年と共にますます弱くなってしまい、フランスに着いた当初など、一ケタを平気で間違ってしまう。パリのセーヌで絵を描いたあと必ず立ちよる河岸のカフェではボーイが私の顔を覚えていたらしい。「いくら」ときいたらニコッと笑って「コム・ダビチュード（いつもの通り）」

　そういえば二ヶ月前の五月にきたときも、ここでよく飲んだ。それなのにもう私のほうはコーヒーがいくらだったのかさっぱりと見当もつかないのだった。

マジョルカ島

今私はヴィクトリア・ホテルの広いテラスでパルマの海を見下ろしながらこれを書く。二階の青いプールには誰も泳いでいないのだが、テラスには日光浴の裸が魚市場のまぐろみたいにずらり金色に並んで眩しい。私は日蔭の誰もいない静かな場所をやっとみつけたところなのだ。部屋の中にいつまでもいると冷房が効き過ぎて寒くなってしまう。馴れ親しんだフランスでは安いホテルでもけっこう愉しくやれるのだが、初めてのところではやはり不安が先に立ってつい上等のホテルにしてしまう。この辺でも五ツ星のホテルはここしかないみたい……着いたばかりの足で散歩がてらに街のあちこちを調べてみたのだった。

地の利も眺望も、そしてあらゆる設備も最高のようだけれど、何しろ客が金持ちのお年寄りばかり……というのは味けないものだ……せめてお爺ちゃんお婆ちゃんのお守役みたいな若い息子や孫たちも多いから、それでも眺めるしかあるまい。まさに「ベニスに死す」。

デラックスホテルとはいってても私の部屋代は二万円足らずだから、日本に比べたらずっと安いだろう。夕食代はワイン半ボトル入れても二千円前後であった（これを書くためにちゃんと計算したんだから間違いない）。コーヒーは七十ペセタ（約百円）……ホテルの贅沢なソファに深々と沈みながら上品なボーイにサービスさせても、街の汚いちっちゃなカフェで立ち飲みしても同じ七十ペセタ……これにはちょっと驚いたけれど、まさか公定価格というのでもないだろうし……。

メインダイニングは豪華で、入るのにちょっと足が立ちすくみそう……更に困ったことには、ドアの小さな額に英、仏、西語で、「必ず上衣を着てください……」と書かれてあるではないか！　夏の旅に上衣なんか持っていったことない私は「サテ困った。それでは街のレストランでも探すしかあるまい」と思ったが、外国のレストランは一人客をとても嫌うのである。一人だと見ると満員ですと入口で追い帰されてしまう。中を見ると空席はまだいっぱいあってもだ。つまりそれらはみんな二人以上の客のための席ということらしい。

夜になって街のレストランを見て廻ったがスペイン語が分からないので大いに困惑……ついにホテルに戻ってダイニングルームを覗いたら何と「いる、いる……Tシャツのおじさんも青年もいっぱい」たしかに白髪の金持ちらしい老人たちは上等の上衣をつけているが、さすがにネクタイの人は少ないくらいだった。

思い切ってドアを開けると、タキシードのボーイが寄ってくる。すかさずこちらから「ボン・ソワール、ムッシュウ。二十二号室の一人客ですが」というとまさかホテルがことわるはずがない。「どうぞこちらへ」と一人席をこしらえてくれた。ちゃんと海の見えるいいテーブルだったが、決して一人客をみんなの真ん中には入れてくれないものらしい。こちらはそのほうが気楽でずっといい。

あちらのホテルの料理でいつも感心するのは、長い滞在客のために毎日の味の変化が実に巧みなことと、野菜の量が圧倒的に多いことだ。それは日本のフランス料理屋などではとても望めない豊かさなのである。たとえば肉料理につけ合せのニンジンの煮つけやグリンピース又はジャガイモなどはそれぞれが丼一ぱい分くらい銀皿に山盛りにのっかってきて、それを好きなだけ分けて取る……私は肉は半分残しても豆やニンジンはいつも馬のようにキレイに平らげてしまった。その前には魚だし、オードブルにはサラダもスープもつくからとてもデザートのチーズやケーキは腹に入らないことが多い。それらをみんなことわって、メロンならばと注文すると、これが又大きい。日本のゆうに五人分……苦しいのに頑張って全部平らげる。

それは甘党の私がびっくりする甘さで、私は生まれて初めてメロンというものはこんなに美味しいものかと思った。蜂蜜に漬けたような白い柔らかい肉だから、日本のともフランスのとも違うのである。私はこのメロンにひかれて夜は外に出ずに必ずホテルに帰って食事をとるようになった。

日本のフランス料理のあとはなぜかついお茶づけでも欲しくなるのに、西洋のそれは一度もゴハンが食べたいとは思わせないから妙だ。人間のおいしい食べものって世界中いかにも多彩のように見えるが、所詮はどこも似たようなもの……と思うのは、私が西洋料理で満足したときは、必ずいつも日本の生れ故郷で食べ馴れた、あのごった煮の百姓料理とどこか相通じるものを感じるからなのだ。

しかし東西でいかにも違うのはその食べる分量だろう。何しろこれだけのコースを昼にもう一度、夜よりももっと豪勢なのをとるからだ。私はその昼抜きでないと、とても西洋人並みのディナーは食べ切れない。つまりいつもドミパンション（昼食抜き宿泊）だ。それでも肉切れの半分は「惜しいナ……」などと眺めながら食べ残すのである。とてもあんなに沢山食べて、やがて白豚のようにはなりたくない……と思うし。

夕食の最中に下のほうから突如甘く切ない男の美声が湧き上ってきた。昔懐かしい「ベッサメムーチョ」から「ラモーナ」など、どことなくアンニュイな戦前メロディ……なぜかこの日はマラカスのリズムが満腹の胃袋にこたえた。手摺のところから覗いてみると、昼間のプールサイドにはすでにルンバの激しい小波が揺れている。久しぶりにきく「キューバの南京豆売り」だ。私は三十年ぶりで踊ってみようと、部屋で革靴にはきかえ、馳け下りていった。キャンドルのともるテーブルに着いてコーヒーを頼むとやはり七十ペセタ……これではホテル代のほかにはまるで金がかからないでしまいそうだ。

ローマが好き

ナヴォーナ広場

ローマを背景にした「建築家の腹」という美しい映画を見ているうちに、しばらく行ってないあのローマがむしょうに懐かしくなってしまった。

……ローマが好き。パリとローマとどっちが？　と訊かれたら困るけれど、パリみたいな整然とした美しさとはまるでちがう、何か雑然としながら、うちこちに散らばる廃墟の空間美が何ともいえない……ブラブラ歩いててふとそこへ出ると、私はいつも思わず深呼吸をしてしまうのだった。

私の愛してるホテルはアヴェンチーノの丘の上にある。サンタンセルモという、ホテルというよりはちょっとお屋敷風のペンションで、ここには三度ほど泊まったことがある。

だいたいローマもパリもそうなのだけれど、都会の住人は貧乏人も金持ちも、皆が昔ながらの古い建築の中で暮らさなければならない。日本みたいに個人が空地を買って、そこに勝手な庭つき一戸建てを作るなんてことは出来ないことになっているようだ。

ところがアヴェンチーノの丘だけが例外的な個人の住宅地だ。それでいて決して郊外というのではなく、中心地のフォロ・ロマーノからすぐそばに広がる緑の丘がそれ……個人のお屋敷と古い遺跡とが混然としてて、区別がつけにくいくらいの落ち着いた街並みなのである。ここを歩くと日本の高級住宅地というのが、いかに安っぽいかが分かるというものだろう。

私の好きな部屋はインテリアも小ぢんまりしてて好きだったが、エクステリアが更にスバらしい。ドア一枚で直接その庭に出られる一階の部屋だった。そこにフロントがないと、ホテルに泊まってるという気がしないで、まるで自分の別荘みたいなのが面白かった。それでいてルームサービスは完璧だから別に不便はないのだけれど、それよりも庭の曲がった道を歩いて、みんなが集まるレストランのテラスへ出るのが嬉しかった。毎朝みんなそこで食事をとるのである。アメリカからバカンスにきてもう一週間という、ちょっと素敵な建築家の青年もいた。私みたいにいつも独り……。

だから私は毎朝、「もう彼は来てるかな？　まだかな？」なんて思いながら身仕度をしたものだった。夏だというのに、海ではなしにローマなどにきてる学生の顔は、病的なくらい青白く、頬がコケ、黒い口ひげがいっそう目立ったハンサム……ガリガリの手足が魅力だ。

ある日、ホテルのすぐ近くで私が絵を描いていると、いつの間にか彼が後ろに立っていた。ふりむくと挨拶がわりに「フォルミダーブル」なんてフランス語のお世辞をいった。そして笑っている。

「あなた、たしか私と同じホテルでしたよネ」と私。

「そうです。あなたの部屋の隣の隣なんです」

その日、夕食のあと、二人は腹ごなしをかねて、ナヴォーナ広場まで歩いた。ナヴォーナ広場にはローマでいちばん美味しいアイスクリーム屋があると彼がいうのであった。人気のない丘の夜道を二人で歩くのだから、いくらローマでもコワいというよりロマンチック。近道をして、急坂を下りるとテヴェレ川のフチに出る。この辺の河岸は鬱蒼とした並木が川を蔽い、そのスキマからコワれた古代の白い石の橋や中州が見えてきて、ふとモラヴィアの小説「覗く男」の舞台はたぶんこの辺だったにちがいないと思うのであった。右手のくぼみには「ローマの休日」でオードリーがその穴に手を入れた、あの古い遺跡もある……。

ローマで絵になる場所というと、私にはこの辺がいちばん。川の向い側がジャニコロの丘。ゆるやかなスカイラインが大きく空を切り、遠くにはサンピエトロの丸屋根も見えるのであった。

ナヴォーナはこの川岸に沿って十分も歩いてから、右に少し入ったあたり、地図はなくてもカンだけでたいていは大丈夫なのだ。薄暗い露地のスキ間から突然のように、いきなりバカでかい空間の中へ放り出されるカタチとなる。広場の真ん中に並んだ三つの大きな噴水は、大理石の巨大な男たちの群像で、夜の照明が昼間とは全く違う幻想美を描き出している。

建築家の彼がすぐ脇の教会のバロックを含めて、いろいろと専門的な解説をしてくれたのだけれど、私はところどころで少しうなずくだけ……二人の会話が英語、ときにはフランス語のまざりで、軽やかに流れるというわけにはいかないのが何とも悲しい。

森のレストラン

私が昔、はじめてローマにきて最初にびっくりしたのがこのナヴォーナ広場だったのである。この広場に面して安いホテルがあるというのをききつけ、アッシジの丘から車でここへいきなり入ってきたのだった。

古い大きな扉を押し入ると、中はひんやりと暗くほとんど何も見えなかった。まるで人の気配がなく、お化け屋敷みたいであった。少し目が馴れてくると、急に目の前に巨大な大理石の階段が上に上に曲がっていた。コワゴワとそこを昇っていくしかなかったが、昇り着いたところにやっと人間が一人いたのだった。それがホテルのオバさん……。

もう忘れてしまったがたぶん一晩千円くらいの部屋だったと思う。廃墟のような建物とはおよそ不釣合いな、まるでピンクのペンキで壁を塗りたくったような下品な部屋に通され、とたんにガックリしたのを覚えている。アイスクリームの後で三十年も前のそんな思い出話をいうと、彼は急に興味を持ったらしく、

「ちょっとそこへ行ってみましょうか?」

「たぶんあっちの方だよ。テヴェレ川の方から入ってきて直ぐのところだったから……」と私は指さす。

「ホテルの名前は?」

「それが全然覚えてないんだ……ホテルの看板さえ出てなかったようなのに、どうし

て私がうまくそこへ辿りついたかさえもネ」

その辺りは特に暗い一角で、それらしい入り口はついにみつからなかったのである。突然二、三人の黒い影が私たちの前を駆け足で通り抜けた……その時彼の白い手が私をかばうように引きつける。幽霊のような手がとても温かかったのが忘れられない。

思わず「わッ」と私。

「……大丈夫？　何もとられなかった？」

と彼……それと同時に手が離れた。

「あなたは金持ちだからよく注意しないと……」と彼。私はいつもちっとも金持ちらしい恰好などしていないのに、西洋人って、時々私にそんなことをいう。ナゼだろうと思う。たしかに遠いアジアからヨーロッパまで遊びに来てるなら貧乏人とはいえないが、そういえばいつも沢山のお金を持って歩いてるのはタシカだ。トラベラーズチェックだの、クレジットカードだのを使うことはめったにないから、アイスクリームを食べたあとでもチップを払うときでも、ごっそりと重いガマ口を開いて、その中から不器用にお金を引っぱり出すのだった。

たいていの人は見て見ぬふりをするのだけれど、親切な売り子などは時にガマン出来なくてつい、

「おサツがはみ出てるじゃないですか。注意しないと危ないですよ、何しろここはシカゴと同じなんだから……」

なんて、この前もパリの靴屋さんで注意されたばっかり。

だってお金って、ある程度は沢山を用意しておかないと心配……旅行ってそういうもんだと私は思っている。細かい計算が弱いだけに、いつでも大丈夫なようにと。

だからその日の必要な分だけをポケットに用意しておいて、その他は別の所にしっかり……とよく人は教えてくれるのだけれど、それをちゃんと守るのは日本を出てから二、三日間だけ……一週間もするうちにはナゼかいつの間にか両方がゴチャマゼになってしまうのだった。それで運悪くごっそり盗られたのがたったの二回。パリで一度、ローマで一度。もう何十ぺんとなく旅行をしたのだからその間に二回ぐらいはやむをえないのではあるまいかなんて、私は諦めている。

「もう三日で君はアメリカに帰っちゃうんだったネ？」と私。

「そうです」

「そしたら明日の夜はホテルでなしに、ホテルの近くの森の中にある、とてもステキなレストラン……スゴく美味しいところなんだ。よかったらそこへ行かないか。僕は金持ちだからお別れにオゴっちゃってもいいんだけど」

「そんなレストランならローマの思い出にぜひ行ってみたいね。ＯＫ……でも僕だって金持ちなんですよ、アハハ」

二人はワリカンにして翌日はそのレストランを訪ねた。

深い木立の中にかくれるようにして、ちょっとそれは通りからは見えないくらいの優しい建物なのに、いったん中に入ってみるとその広さにびっくりしてしまう。そして森の中の静けさに比べて、中の何と華やかな賑やかさ。もう既に沢山の客たちが各テーブルにスキマなく、いったいこの人たち、この森のどこから湧いて出てきたんだろう？　と思うくらいなのだ。

入り口の大きなテーブルにはいろんな魚たちがキレイに並んでいる。私は名前が少しも分からないから、いつも指で指すだけ。

ところが彼ときたらけっこう魚にもくわしいらしくて、ボーイ相手にいつまでもディスカッション。私は自分の分も彼にまかせてしまった。どうせワリカンなのに彼の注文ときたら、計算も細かく、合理的な選択だった。ワインも私よりずっとくわしい彼にまかせ、久しぶりにおいしいお酒でよっぱらってしまう……しかし何よりやっぱりお酒って、美しい友人をオカズにしたときがいちばんおいしいんだネ。だから酔っぱらったフリして、私はつい最後にはその夜の勘定を全部払ってしまった。そして直ぐに後悔した。日本人ってこの悪いクセがなかなか抜けないみたいなのだ……せっかく出来かかった友情をそれで壊してしまうのである。

バカンスはヴィルフランシュ

パリは雨

つい十年前ごろは冷房もなしで過ごしたのだった。初めて扇風機を買ったのを思い出す。デパートの女の子に「デンキ扇風機の売り場はどこですか?」ときいて大いに笑われたのであった。夏は暑くて当り前……くらいに思ってたのが、近ごろの東京の夏ときたら世界でいちばん暑苦しいのではないだろうか? これが二か月も続くのは老骨にこたえる。贅沢なようだが、夏は西洋人流にグランド・バカンスと洒落こみ、涼しいパリに行くのが得策と、いつの間にかこんな習慣が出来てしまう。七月二十一日、「セツ・モードセミナー」が夏休みに入るのを待ちきれないようにして、十九日のエールフランスに乗りこみ、パリへ来てしまった。

なんと、パリに着いたらしょぼ降る雨だった。毎日少しずつ、雨の降らない日がないのだから、どんなに蒸し暑いかと日本では想像するだろうけれど、それが蒸し暑いどころかまるで寒いのである。

東京を発つ時はTシャツ一枚でも汗びっしょりになるくらいだったのが、この寒さ……これでも同じ地球かと思うほどだ。街行く人たちは革のコートを着こんでるのもいて、私はトランクにシャツの着替え以外に何も用意しなかったのを悔やむ……これは毎年のことなのに、どうしてもあの蒸し暑い東京で荷造りをする時は、コートはおろか普通のジャケットさえつめこむ気がしないのであった。

どうせジャケットとネクタイ着用の高級レストランなどには行かないのだから……と決めてかかってるのだ。パリには東京よりもおいしいスシ屋や日本料理屋が数えきれないくらいあるという。

昔は、パリの日本食は高いという牢固《ろうこ》としたイメージがあったけれど、このごろでは競争が激しいのか、安くておいしいところもどんどんふえて、パリに住んでる日本人に聞けばそれはすぐ分かるだろう。

「日本のマグロは冷凍だけど、パリのは本物だからウマいはずですよ」

なんて誰かに聞いたけれど、本当みたいなのだ。日本のよりウマいと私はいつも思うのである。そのうちに日本はその味もそのネダンもパリにきっと負かされてしまうだろう。ま、せいぜいパリでは心おきなくおさしみとゴハンを食べ、後半のコート・ダジュールに備えなければならない。南仏へ行ったら、もう日本食なんて贅沢はいっていられないからだ。

　しかしそこはよくしたもので、コート・ダジュールのフランス料理はパリよりもずっと私の体に合っていると思うのだ。フランス料理といっても肉はなるべく避けて、海でとりたての魚を毎日食うことにしてるのだが……。

　私みたいにゴハン好きの男が、毎日フランス料理攻めにあいながら、日本食が恋しい……なんてはならないのだから不思議である。

　毎年七月末のパリのオートクチュール・コレクションを見終わるやいなや、今年も後半のバカンスは南仏《コート・ダジュール》のヴィルフランシュに行く予定なのだ。そこではもう私は何もすることがない。朝、目をさまして夜寝るまでの時間の長いこと……なんては大嘘。何もすることがない一日は時間が長いという常識に反して、何もしないでいるのんびりの時間って、なんとたつのが早いのだろうとさえ思うのである。

　ろくにテレビも新聞も見ない一日は、ただ自分の肉体を快い空気の中に置いて、その怠惰にまかせる心地よさ……おや、もう昼の時間……もう夜の時間……それを区切る唯一の儀式が食事だけなのだから、私はもともと怠けものなのだろうか？

退屈してきたら絵を描く……という手はある。しかしその退屈がなかなかやってこないのであった。せっかく重い絵の道具を日本から運んだ手前、描かないでいては絵の具に対して申しわけないような気分になって、不承不承に描きに出る……というのが本音。あまり寝ころびながら読書……というのではたぶん運動不足になるかもしれないと。

ヴィルフランシュだと一夏の間、ほとんど雨がないからいいが、パリの夏はホントに雨が多い。ザーザーと降り続く雨ではなくて、降っては止み、止んでは降り、まあ私など傘なしでも歩いてしまう。例の野球帽をかぶってれば、パリの雨くらいは平気。ちょっとカフェで一休みしてる間に、服が濡れたのは乾いてしまう。

しかし水彩画にはこれが大敵、せっかく傑作が描けそうと思ってるときにポツポツやられると台なしになるからだ。何度セーヌのほとりから近くのカフェに逃げこんだことだろう。ここのガルソンなどはすっかり顔見知りだ。パリのカフェのガルソンて、日本とちがって何年も何年も替わらずにいるからいいのである。

雨が止んですぐ目の前のポン・デザールを渡る……車を通らせないで人間だけが渡る鉄骨の洒落た橋だけれど、歩くところは木のすのこ張り……時々はいろんなパフォーマンスの人がいたり、それがあのアルゼンチン映画「タンゴ——ガルデルの亡命」

の冒頭で、タンゴを踊る美しいシーンがあったのもここ……私は裸足になった。

いつもたくさんの人なのに雨のせいかこの日は誰もいない。私もこの広い橋の上に一人で立ったのは初めて……という感動に襲われたが、それはその静かな沈黙のせいだったかもしれない。

いつもどちらに流れてるのか分からないほどの静かな水が、今日は激しい波頭を見せて怒っている。カーキ色のパステルトーン……不透明に濁った河がパリを南北に、真ん中から大きく分けてゆく……なるほどパリってセーヌが作ったんだナ……なんて実感する。

すぐ目の前がシテ島。両脇にポン・ヌフを挟んでまことに美しいが、あまり出来すぎてて、まるで絵葉書だ。しかし後ろをふり返り、川下のすごいスケールなのには改めて驚いた。カルーゼル橋、ロワイヤル橋が折り重なるように交差し、左岸のヴォルテール河岸の高い壁のような建物が続いて、オルセーからコンコルドのほうに落ちてゆくスカイラインが大きい。右岸のルーヴルと向き合うパースペクティブの雄大さ。いつもならなんとも感じない見馴れた風景なのに、この日の雨の孤独が私にそんな視点を与えたにちがいない。

デヴィッド・ボウイもどき

この夏、私の選んだパリのホテルはサンジェルマンデプレのマジソン。以前はよくここを利用したのだが久しぶりである。窓からサンジェルマン大通りを挟んで見える古い教会の壁が絵になるので、何点かを窓から描いた。描き終わると部屋を替えてもらって、五階から七階までの窓はほとんど描き尽くしてしまった。最近ではセーヌ河岸のホテル・ケ・ドュ・ヴォルテールに移っていた。セーヌが足もとを流れ、物を運ぶペニッシュや電飾の観光船が往き来する窓からの眺めは見飽きることがない。夜、窓を開け、うっかり見ていたら、巨大な投光器《スポット》に全裸を照らし出されたこともある。船の人は日本人のストリーキングに大喜びしたかもしれない。

独身暮しの習慣で特徴的なのは、部屋にいるときは必ず全裸になってしまうということがある。誰も他に人がいないのだし、寒くもないのに何もパンツなどつける必要がないからだ。自分の部屋に帰り、鍵をしめてしまったら、一切の外出着をキレイにぬいでしまうという、ある種の潔癖なのかもしれない。ぬいだパンツやソックスなどは即座に全自動洗濯機へポイと……。

パリの映画でスゴく人気のあった「37度2分　ル・マタン」(邦題「ベティ・ブル

ー」の主人公も私と同じだった。一人でいると電話がかかってきて、受話器をとりにゆく。そして長い話のシーンはいつも全裸……大きなアレがブラブラなのだから日本ではそこをどうするのかと心配になった。

全裸というと日本ではそこに何か異常な興味や関心を寄せるわけだが、こちらではそれは独身者の平凡なリアリズムでしかない。もし彼がパンツくらいをしていたとすると、部屋には誰か来客でもあったのかしらん？　なんて、かえってお話が嘘になってしまうからだ。もし彼の動作を日本的な配慮から、毛やブラブラの見えない背後から撮る……なんていうことをすると、かえって何かワイセツな映像になっていくにちがいない。

ケ・ドュ・ヴォルテールの窓にも飽きて、再びサンジェルマンデプレに戻ったのは、ホテル・マジソンが去年大改装をやって、それがやっと出来上がったからでもある。それでどんなになったのか？　という興味がないわけではなかったけれど、来てみると私は改装前の古かったころのほうがずっと好き。

レセプションの人たちもすっかり変わってしまい、見覚えのあった昔からの女の人が一人だけいてホッと安心した。少し救いになったのは、彼女と並んだ男たちの中に一人だけ目立って美しい青年がいたことだ。顔がデヴィッド・ボウイに似てないこともない。しかしカウンターの中にいて、腰から上のほうしか見えないというのは、時にとんだ間違いを招くことがある。

ケ・ドュ・ヴォルテールのホテルでもそうだった。金髪を短くかり上げた美少年で、赤いセーターと、白いシャツ衿から抜き出たその細い首とうなじにすっかり見とれた私。次の日も次の日も彼の前を通り過ぎる時は必ず興奮ギミだったわけ。ついにガマンが出来なくなり、カメラを持って部屋から下りてゆく。ちょうど彼は一人きりだったのだ。

「このホテルの思い出に、君を撮りたいけどいいですか？」ときり出す。「イヤ」とはいわなかった。カウンター越しでパチパチと顔の正面や斜めから撮る。やがて、「君の全身も撮りたいんだけれど、カウンターの中へ入ってもいいかな？」

「ウイ」

その細い腕や手の指から判断して、どんなにか細い脚が見えるかと私はほとんど絶頂に達したのだったが、なんと、彼はその小さいお尻に白いスカートをはいていたのだった。つまり「男」だとばかり思いこんでたのは私の間違いで、彼はもともと彼女だったのである。

「エッ？　あなたは女だったの？　これはたいへん失礼しました」

と私は驚きをかくせずに思わず叫んだ。すると彼女は、にっこり笑いながら落ち着いたもの……。

「私、よく間違えられるの……」

彼女の名はデルフィーヌといったが、次の年の夏にまた会った時は、どこから見ても間違えられっこのない完璧な女性に変わっていた……何かちょっと下品に……。化粧っ気のまるでなかったあの少年的な面影が急にドギツいメイクとなって、私のほうが最初は同じデルフィーヌだとは気づかなかったくらいなのである……。

私のホテルがケ・ドュ・ヴォルテールからマジソンに移った理由にはこんなこともあったのだ。

デヴィッド・ボウイは何年か前は日本にも来て、カンサイの衣装で唄ったのを聞いたことがあった。顔がかわいいワリには短脚で太いナ……なんてがっかりした印象があるのだ。

今度のボウイもカウンターにかくれたその脚を見るまでは、心を許せないと、私は用もないのに何度もフロントに下りてゆき、彼に何かをいいつけたり頼んだり……。顔はボウイよりももっと小さく痩せているのでむしろこのほうが好き……指も細いけれど、手が小ぶりだから脚は短いんじゃないか？　と心配になってくる。しかし彼はなかなかカウンターから出てこなかった。ふと私はアンドレ・ジッドのある短篇を思い出したのであった。

ジッドが牛乳のように白く濁った温泉へ行ってた時の話だ……ジッドが岩風呂に行くと、必ず彼より先に来て湯に首まで浸っている少年がいた。ジッドは一度彼の全身がどうしても見たくて、少年より早くと思いながら、いつも必ず少年に先を越されて成功しなかった。

ついに諦めてそれからは顔から上だけのつきあいとなる。声をかけ、挨拶を交わしながら次第に近づいてゆく。湯の中で手を延ばし、少年の胸から腰に……その手を移動していって愕然とするのだった。少年には片脚がなかった……ショックである。それでもジッドはそのまま少年を愛するべきか、愛さざるべきか、の弁明がそれから延々と続く……いかにもモラリスト、ジッドらしい面白い読みものではあった（題は忘れたが）。

北から来た美青年たち

パリからニースまでは飛行機で一時間とちょっと。ほんのそれだけ南に来ただけで、日光の矢のキツいこと。眩《まぶ》しくて目をあけていられないほどだった。なるほど、あの寒いパリの夏にうんざりした人たちが、少しでも夏らしいコート・ダジュール目がけて、民族大移動を展開するわけはこれだナと思った。

　いつもならターミナルのバスに乗りこむところを、今では少し贅沢となりタクシーにした。ニースの西の外れからやがて海沿いのプロムナード・デザングレ（イギリス人の散歩道）に出る。右に明るいコバルトグリーンの海が光ると、左側には白いホテル群が続き、やがてネグレスコの小豆色をした丸屋根が見えてくる。その度についナゼか日本の餅菓子を思い出してしまうのだ。午前中の大散歩道は陽射しがキツすぎるのか、いつもより歩いてる人も少なめに見えた。

　去年の椰子並木はその冬の珍しい降雪がたたって、立枯れ寸前までいったのだ。それが今年はすっかり立ち直り、青空に向かって黒光りする大きな緑を広げていた。ニースの街を西から東へ横断し、旧港からまた海沿いの岬へ登っていく。ここで後ろを振り返ると、車窓からニースの全景が一望出来るのである。雄大な弧を描いたあの浜辺には、やはり茶色の裸体たちが蟻のように群がっていた。

　岬の突端を大きく曲がって深い入り江がある。急に峨々たる岩肌のアルプス山塊が海に雪崩落ちたのではないかと思われる荒々しい風景が開け、この道をこのまま海沿いに進めば、やがてモンテカルロやマントンを経てついにイタリアに入ってしまうのだ。

入り江のいちばん奥まったところが天然の良港を誇るヴィルフランシュの街……今では港としてよりも、ちょっとスノッブなリゾートとして有名である。

青い海に突き出たピンクの奇妙な建物は、昔、海の税関だったところで、その足もとにジャン・コクトーの作ったやはりピンク色の小さい教会サンピエールがある。この教会の筋向いが同じサンピエールという高級レストランで、ニースあたりからも車をとばして食事に来る。つまり私のホテルがそれだ。大きなホテルではないから夏はほとんど固定客で満員であるが、私は日本から予約しておいたので安心。

レセプションでは私の顔を見ると女の子が名前もきかず、パスポートも見ず、「ハイこれがあなたの好きな、いつもの部屋の鍵です」と渡してくれる。窓からはサンジュアン・カップ・フェラの岬が海の上に細長い帯のように延びている。この岬は世界中の大金持ちの別荘ばかり……いつか車で行ってみたのだが海岸線を全部、別荘たちが占領してて海は何も見えないのだった。

外が暑くても、私の部屋は角部屋だから涼しい風が吹き抜けて寒いほどだ。もう一方の窓は岬のつけ根に開けた隣町のボーリュー。その下の白い砂浜がすっかり茶色いのは、やはり裸の人間がたくさんそこにころがっているからである。

夏のパリも静かなのだけれど、ヴィルフランシュはもっと静かだった。そういえば前はもう少し賑やかだったような気がするのだ。海に浮かんでる大きなヨットもずっと少ない。私にはよく分からないが、何か、ドル安とか経済不況とかのせいがあるのかもしれない。こちらに来て時々どこかで耳にするのは、フランスとイランとの戦争が起きそう？　という危険なニュース。むずかしいフランス語の新聞からは私にはよくそれが聞きとれないのであった。

夜になると沖合いの大きなヨットから小さいボートに乗り移って、このサンピエールへ食事にやって来るドレスアップの人たちも多かった……それがめっきり減ったようだ。主人が食べ終わるまで、ボートで待ってる裸足の少年などが時々とてもかわいくて、私はそれに見とれたものだった。

ヨットの電飾はフェリーニの「アマルコルド」みたいに夜の海をスゴく華やいで見せるから、それがないのはやはり淋しい。

夜の食事が終わるのがほとんど毎晩十一時で、食後少し散歩でもしないと体に悪い……なんて思うのだが、ワインが効いていつもすぐ眠くなってしまう。つい部屋に上がって日本から持ってきた本の二、三ページも読まないうちに寝こんでしまうのだった。するとどうしたことだろう？　ドドン、ドーン……という爆弾の音がガラス戸を揺るがす……夢うつつ……。

「さてはイラン戦争が始まったか？」と私は裸のままとび起きて鎧戸《よろい》を開け、バルコンに出てみたのだ。見ると隣の部屋の人も、その隣の人もみんなが一斉にバルコンへとび出している。

電灯はつけなかったがパンツだけはどうにかはいた。そしてきいてみた。

「まさか戦争じゃないんでしょうネ」

今朝も挨拶をした英国人らしい隣の老人が答えてくれる。

「戦争はボーリューです。あっちです」と指さしながら私を見て笑う。

すると大砲の鳴った黒い空の彼方に、赤と黄色の花火がポカーッと大きく広がって消えた。

時計を見るとまだ十二時ちょっと前だった。

英語を話すからすぐアメリカ人かと思ってきくとほとんどが英国人なのであった。ニースの大通りを「イギリス人の散歩道」というほどだから、この辺は昔も今もイギリス人たちのリゾートなのだろう。そういえばフランス人らしいのは地元の人たちくらいで、どちらかというとズングリ型。その中にとびきり長くてスマートなのがいると思うと、必ず英語を喋るイギリス人なのだ。

なぜか今年は白いシガレットパンツに濃いエメラルドのシャツ……かなりコントラストのきつい上下を着てるのが目立つ。この人たちはみんな細くてスマートだ。白いスニーカーに裸足の足首をのぞかせ、とがったくるぶしと鋭いアキレス腱が眩しい。

更にもっとか細くてセツ好みの青年もたまに見かけるが、いったい彼らは何かの病気なのだろうか？　いい年をして必ずといっていいくらいにお母さんやお父さんがソバに付き添っているのだ。そういえば激しい太陽の中にいてもまるで皮膚が雪のように白い一人……彼はその上に白シャツに白ジーンズの上下、このいかにも平凡なスタイルが神々しくさえ思えるが、くるぶしは出さずにしっかりと青いソックスでおおっている。必ず長いシャツ袖には腕がほんとに入ってるのかナ……と思うくらいの細さ。私をひきつけたのはその細さだけではなくて、やはりあの造形的で小さい顔の美しさだった……。

私みたいにたった一人でぶらぶらしている男性にはほとんどロクなのがいなくて、「オヤ！　カッコいいな」「セクシーだな」というようなのは、先刻しっかりと女が摑まえている……という、東西どこでも共通の現実がある。早くから女に摑まえられ、子供もつくらされ、そしてよきパパになったばかりのこの世代には、さっきのエメラルド族が多いのに気がついた。だから、奥様はそれほどの美人ではなく、頼もしくしっかりした女性に見えるのであった。あのエメラルドとアイロンのかかった白パンツというコーディネーションは、たしかに白人の焼けた肌色にはこれがいちばんぴったりで……きっとこの手の奥様の共通のセンスだったかもしれない。しかし五歳くらいの子供がどれも天使のようにかわいいのはなぜだろう？　あんなのが出来るんだったらこのオレも前につくっておくんだったなあ……なんて、ついエッチな目つきで見送ってしまうのであった。

しかしふと、私にはあのエメラルドグリーンとピカピカの白ジーンズはとても着こなせそうもないぞ、と諦めて、それでようやく心を静めるのだった。私も白い細パンツをはいているのだが、いつもデンキ自動洗濯機の洗いざらしなのだ。

（'87夏、コート・ダジュールにて）

あとがき

私の躰の中にはいつも描きたいことと、書きたいことが二つあるみたいで、それが仲よく共存しながら、決してまじり合うこともない。片方ずつ別々に少しずつ出していくのが重要で、どっちかが一方だけになると健康にはよくないみたいだ。

この原稿の主なところは殆どが「MR.ハイファッション」に連載した〝セツのダンディスム講座〟である。始めの季刊だった頃に引き受け、やがて隔月刊となった。連載というのは、言いたいことが溜まってる最初の二、三回を過ぎると、とたんに後が続かなくて苦しむが、隔月というゆっくりさは、私にいちばんぴったりするようだ。前作の『大人の女が美しい』(草思社刊)も同じ条件の、隔月刊連載ものだったのである。

いつも締切りよりも早く書き、待ち切れずに編集部の蛯子典郎氏を呼びつけ、どこかでメシを食いながら読んでもらう。読み終わるとたぶん仕方なしに、

「面白いですね……」

といってくれるが、それが何よりも嬉しい……長い間ありがとう。

『大人の女……』では女性の理想像を追ってみたのだが、それなら男性の理想はどうかというのが次なる課題として必ず残っているはずだと、そう思って書いた。ところが書き進めていくうちに、しょせんは男も女もない、人間は同じ美しさと醜さの中にあるようだ……という再発見になったらしい。その心の過程を皆さんに見ていただけたら嬉しいと思う。

文化出版局の篠田美登子さんから一冊にしようといわれたとき、嬉しさと同時にあまり自信がなかった。何しろ健忘症のことだから、三、四年分の連載をまとめたら、その間にはきっと同じことの繰返しがいくつもありそうなのが心配……もしそれをキレイにとってしまったら全体が空中分解しないとも限らないではないか？

「同じとこがあったらとってネ」

というのが私の第一の注文。そして本として再構築していただく約束をとりつけた。篠田さんはもともと、「ｓｏ－ｅｎ」編集長だった時からの親しい人なので、それはおまかせするのが一番と私は信じていた。

うまい人が編集をし直すと、同じ文章でもまるで他人が書いたもののように面目を一新してしまう。読み返しながら、「けっこう、これ面白いですね」なんて他人ごとのようなことをいった。

いくつか新しく書下ろしもさせられ、それがなかなか篠田さんの注文とは合わなくて、何度かやり直しもさせられる。独身のためにタッパーにつめた手料理が、返却の原稿には必ず添えられていた。最後に、

「これでいいわ」

といわれたのがついこの前のことだったのである。長い間ほんとうに有難うございました。末筆ながらここへ転載させていただいた次の方々に感謝します。

平沢豊氏（エル・ジャポン）、市倉浩二郎氏（毎日新聞）、久田尚子氏（ハイファッション）、江島玉枝氏（so-en）、秋元澄子氏（MR.ハイファッション）そして前MR.ハイファッション編集長だった執行雅臣氏の諸氏は、私にいつも自由な文章を書かせて下さった人、改めてお礼申します。

文庫版に寄せて

アデュー、そしてボンジュール。

内川　瞳（イラストレーター）

私がセツで楽しい時代を過ごせたのは、私の行きたい学校はここだわ！　と高校の時に決めていた通りの学校だったから。世間知らずの第六感は見事当たりました。見たこともないアートの世界の先端にいるカッコいいセツ先生。入学当時から圧倒されながらも眼鏡の奥の大きな優しい目指しに暖かさを感じました。

自分の将来なんて考えてもいなかった（多分）。絵が好きでファッション好きで、本などフランソワーズ・サガン数冊とカフカの『変身』くらいしか読まない女の子だった。
今にして思えば普通が嫌いだったからこの学校を選んだのかも知れない。そうです、最近発見した自分の普通がキライ好き。入学当時「ここを出ても何の肩書きにも成りません」と言われた言葉にえらく感動したものだった。はっきり言って私は落ちこぼれでも何でも無く、勉強なんかより絵を描くのが好きだっただけの、そんじょそこらのちょっとばかり変わった女の子だった。で、居場所は此処にあり、と見つけた時がターニングポイントだったのだ。

セツ先生は比較的早く私の名前を覚えてくれました。ある日「ひとみちゃん！」と大きな声で呼んでくれた。(くださったと言えない敬語知らない私)「ひとみって本名？君(まだ、おまえではなかった)評判よ～」と。今迄目上の人にそんなこと言われたことがないから、気さくなセツ先生の人柄が嬉しくて家に帰ってから母に報告したほどだった。でもいつしか呼び名は「目だまちゃん」に変わっていった。どうやら星先生曰く、言い出しっぺは柳生弦一郎さんらしい(当時「アトリエコパン」というグループ名も持ち、峰岸達さんたちと活躍してる売れっ子先輩でした)。

半年に一期ごとの進級で半年後の二級生の時には、生まれて初めてのアルバイト、セツのコスチュームデッサンのモデルを頼まれるようになり、母が洋服を沢山作ってくれました。絵を描きながらモデルのアルバイトも出来て楽しい画学生生活は快調でした。

イラストレーターブームという時代でもあり巷ではイラストレーターの卵が沢山溢れていました。私もその一人。そして入学したばかりの時、セツの第一回「モノセックス・ファッションショー」が銀座ワシントン靴店で開催されました。セツ先生考案の斬新で男女超越した新しいファッション・モノセックス。長沢節はまさに時代の寵児でありました（第二回は「ホモジュピー」）。

そして、モノセックス・ファッションショーでは一番小柄なモデルが急病になってしまったとかで、その時たまたま居た私に白羽の矢が当たりショーに出ることになりました。どうしよう～経験もないのに、と思いながらもその気になっていたら、翌日そのモデルさんの病気が治ったことで、私はボツになりました。そりゃそうだ。カックン。

そしてまじめに？　私は学校に通い、好きこそ物の上手なれとばかりに努力したのでしょうね。きっと。二年で卒業ですが、卒業制作で「セツモードセミナー賞」を貰うと研究科二年の月謝がタダに成るという恩恵があった時でした。有り難く喜んでタダで通いました。更にセツゲリラにもなれて更に長く教室に通いました。おかげで生徒の時からイラストのお仕事も来るようになり、さらに編み物もセーターなど作って、ブティックに置いてもらって売れるといったチャンスにも恵まれ、内気ながらも若さゆえ楽しみまぐれ気まぐれに、身体は細いが心は図太く、一匹狼は一風変わった人たちを見習って、元気に自由業の雰囲気に浸っているかのようでした。

セツに通う時も自分で編んだセーターを着ていきました。セツ先生のセーターもいつしか頼まれるようになりました。先生がお気に入りで二着も注文された、凧糸で機械編みで編んで作ったパンタロン。ニットでヒットしました。重みがあるため、シルエットが奇麗に出るのです。セツの生徒と共に行く初回ヨーロッパ写生旅行では、先生も私も凧糸パンタロン履いていましたよ。セツ先生は日本で最初に唯一パリコレでデッサンした凄い人なのに……。

私がフランス好きになったのも、セツ先生のフランス通が多いに影響しています。シャンソン通でもあったようです。私が今、時々フランス語でシャンソン歌うのも天国に届いているかしら？

他にも私の作ったロングセーター（カーデガン風）は傑作だったと後々皆に言われました。同じような物は結構作っていたのですが、色あいの配置や組み合わせは、先にも後にも同じには二度と出来ない物でした。残念ながら写真に撮ってないので、ウロ覚えですが描いてみました（次ページ）。

卒業してからも　いつまでも繫がっていたくて、子供が出来てからも連れて行ったりしました。息子はよく先生に耳を引っ張られたそうです。後で私に言いました。「でも僕の耳引っぱる力、すごくちよいよ（強いよ）」

絵の仲間は今でもふんわりと仲良しで時々三、四人で展覧会します。セツの思い出と共に皆インターネットのように繫がってます。

当時の爽やかな小泉先生、セツ先生の最後までセツモードセミナーに君臨し人気者だった星先生。皆私たち生徒に優しかった。セツの第一回卒業生で私たちの講師であり出世頭で今なお第一線で活躍の大御所、穂積和夫先生はフェイスブックでも繫がって仲良くさせてもらっています。

共に皆の心の中に生きている長沢節はやっぱり偉大でした。
追憶のカ・リ・ス・マ。夜空に瞬く「セツの明星」が見えますか？　見えたら手を振ってご挨拶しましょうか。「アデュー」とっくに言ったはずなのに……「ボンジュール」が言いたい。

（出典：チルチンびと広場）

初出一覧

モンローウォークはセクシーか「ハイファッション」文化出版局（1982年6月号）初出題「セクシーでないものがすべてセクシーである」

恥ずかしさ、の美学「ハイファッション」文化出版局（1987年6月号）

一見セクシーに見えない痩せた人の魅力「エル・ジャポン」マガジンハウス（1985年41号）初出題「骨と交合したいくらい」

かくし化粧「毎日新聞」（1987年2月25日朝刊）

ナルシシスムかもしれないが「ハイファッション」文化出版局（1988年4月号）

シンプルへの二つのアプローチ「so-en」文化出版局（1988年3月号）初出題「シンプルでフォルムのある服とは」

その他は「MR.ハイファッション」文化出版局（1984年春号〜1989年3月号連載）初出題「セツのダンディスム講座」

＊本書は、一九八九年に文化出版局より刊行された著作を文庫化したものです。

草思社文庫

弱いから、好き。

2019年8月8日　第1刷発行

著　者　長沢 節

発行者　藤田 博

発行所　株式会社 草思社

〒160-0022　東京都新宿区新宿1-10-1
電話　03(4580)7680(編集)
03(4580)7676(営業)
http://www.soshisha.com/

本文組版　有限会社 一企画

印刷所　中央精版印刷 株式会社

製本所　大口製本印刷 株式会社

本体表紙デザイン　間村俊一

ISBN978-4-7942-2410-1　Printed in Japan

草思社文庫既刊

徳大寺有恒
ダンディー・トーク

自動車評論家として名を馳せた著者を形づくったクルマ、レース、服装術、恋愛、放蕩のすべてを語り明かす。快楽主義にも見える生き方の裏にあるストイシズムと美学——人生のバイブルとなる極上の一冊。

徳大寺有恒
ダンディー・トークII

クルマにはその国で培われてきた美学がおのずと投影される。ジャグァー、アストン・マーティン、メルツェデス、フェラーリ、セルシオ等、世界の名車を乗り継いできた著者による自動車論とダンディズム。

川口マーン惠美
ドイツ流、日本流
30年暮らして見えてきたもの

国民性の異なるドイツと日本のはざまで暮らしてきた著者が、買い物・教育・食生活・政治などでのちがいをユーモアあふれる筆致で語る、比較文化エッセイ。『サービスできないドイツ人、主張できない日本人』改題